新日檢最大變革：等化計分

● **什麼是「等化計分」？**

2010 年起，日檢考試採行新制。「新制日檢」最大的變革，除了「題型」，就是「計分方式」。

【舊日檢】：每個題目有固定的配分，加總答對題目的配分，即為總得分。

【新日檢】：改採「等化計分」（日語稱為「尺度得点」しゃくどとくてん）

（1）每個題目沒有固定的配分，而是將該次考試所有考生的答題結果經過統計學的「等化計算」後，分配出每題的配分。加總答對題目的配分，即為總得分。

（2）「等化計算」的配分原則：

> 多人錯的題目（**難題**） ➡ 配分 **高**

> 多人對的題目（**易題**） ➡ 配分 **低**

● **「等化計分」的影響**

【如果考生實力足夠】：

多人錯的題目（難題）答對較多 ＝ 答對較多「配分高的題目」，

→ 總得分可能較高，較有可能 | 合格 |。

【如果考生實力較差】：

多人對的題目（易題）答對較多 ＝ 答對較多「配分低的題目」，

→ 總得分可能偏低，較有可能 | 不合格 |。

● **如何因應「等化計分」？**

因此，在「等化計分」之下，想要應試合格：

（1）必須掌握「一般程度」的題目 → | 多數人會的，你一定要會！ |
（2）必須掌握「稍有難度」的題目 → | 多數人可能不會的，你也一定要會！ |

答對多人錯的難題是得高分的關鍵！ （*等化計分圖解說明，請參考下頁）

「等化計分」圖解說明

● 配分方式

假設此 10 題中：

【多人錯的題目】：2、4、7（定義為難題）

【多人對的題目】：1、3、5、6、8、9、10（定義為易題）

經過等化計算後：

　2、4、7 會給予【較高配分】　　其他題則給予【較低配分】

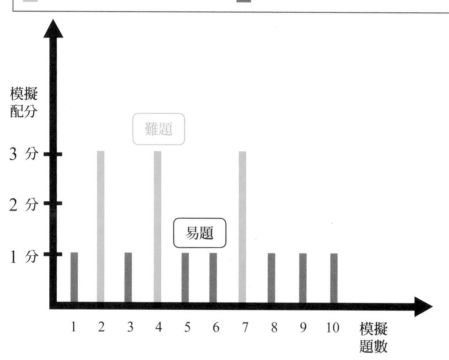

● 得分結果

　　考生 A：答對 3 題配分高的【難題】，其他都答錯，
　　　　　　獲得 3 x 3 = **9** 分

　　考生 B：答對 7 題配分低的【易題】，其他都答錯，
　　　　　　獲得 1 x 7 = **7** 分

【結論】

答對題數多，未必得分高；答對多人錯的難題，才是高分的關鍵！

本書因應「等化計分」的具體作法

● 根據最新【JLPT 官方問題集】，精研新制考題真實趨勢，力求100%真實模擬！

日檢考試自 2010 年採行新制後，主辦官方除依循自訂的命題原則，也會統計歷年考試結果，並結合國際趨勢，不斷調整命題方向。

本書由兩位具 10 年以上教學經驗，同時是日檢考用書暢銷作家的日籍老師，精研最新【JLPT 官方問題集】，反覆研究命題趨勢、分析命題原則，並特別納入與「日本人日常生活緊密結合」的各類詞彙、慣用表達，具體落實新日檢「有效溝通、靈活運用、達成目標」之命題原則。精心編寫 5 回全新內容、最吻合現行日檢考試的標準模擬試題。用心掌握新日檢題型、題數、命題趨勢，力求 100% 真實模擬！

● 以「日本生活常見，課本未必學到」為難題標準！

新日檢考試重視「能夠解決問題、達成目標的語言能力」。例如，能夠一邊看地圖一邊前往目的地；能夠一邊閱讀說明書一邊使用家電；能夠在聽氣象報告時，掌握「晴、陰、雨」等字彙，並理解「明天天氣晴」等文型結構。因此考題中所使用的文字、語彙、文型、文法，都朝向「解決日常生活實質問題」、「與日本人的實際生活緊密相關」為原則。測驗考生能否跳脫死背，將語言落實應用於日常生活中。

但學習過程中，教科書所提供的內容，未必完全涵蓋日本人生活中全面使用的文字，書本所學語彙也可能在生活中又出現更多元的用法。為了彌補「看書學習，活用度可能不足」的缺點，作者特別將「日本生活常見」的內容納入試題，而這也是新日檢命題最重視的目標。包含：

※「日本人們經常在說，課本未必學到」的詞彙及慣用表達
※「日本生活經常使用，課本未必學到」的詞彙及慣用表達
※「日本報紙經常看到，課本未必學到」的詞彙及慣用表達

● 各題型安排20%～30%難題，培養考生「多人錯的難題、我能答對」的實力！

在等化計分的原則下，「答對多人錯的難題是得高分的關鍵」！本書特別以此為「模擬重點」。「言語知識、讀解、聽解」各科目，各題型均安排 20%～30% 難題，讓考生實際進考場前，能夠同時模擬作答「多數人會的＋多數人可能不會的」兩種難易度的題型內容。

【試題本：全科目 5 回】
完全根據最新：JLPT官方問題集

各題型「暗藏」
20%～30% 難題：
- 模擬正式考試樣貌，難題不做特別標示

根據新制命題趨勢
題型、題數，
100% 真實模擬！
重視：
- 有效溝通、靈活運用
- 題型更靈活
- 強調「聽・讀」能力

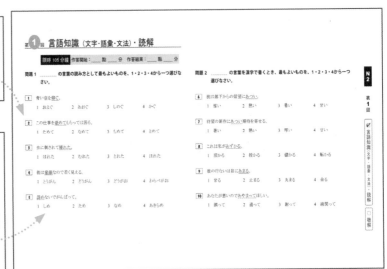

【解析本：題題解析】
加註：難題標示・難題原因

各題型「明示」
20%～30% 難題：
- 如該題型題數 5 題 → 安排 2 題難題
- 如該題型題數 12 題 → 安排 3-4 題難題

難題標示
難題：
以特別顏色做出標示

難題原因
包含：
- 歸屬難題的原因
- 解題關鍵
- 延伸補充重點內容

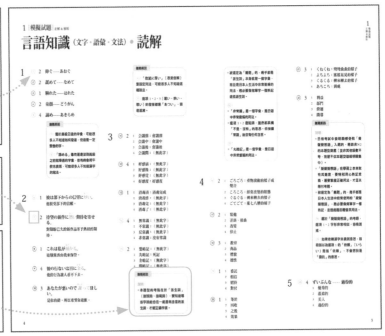

● 【試題本】：模擬正式考題樣貌；【解析本】：標示出難題原因、詳述解題關鍵！

【試題本】：模擬正式考題的樣貌，「難題」不做特別標示。

【解析本】：將「難題」用特別顏色標示，考前衝刺重點複習也非常方便！

◎〔非難題〕：題題解析，剖析誤答陷阱，詳盡易懂

◎〔難　題〕：說明屬於難題的原因、困難點、答題關鍵、並補充延伸學習內容

各題型均安排 20%～30% 難題，原則舉例說明如下：

※ N2【問題 1：漢字發音】：總題數　5 題 →　安排1～2 題難題

※ N2【問題 7：句子語法】：總題數 12 題 →　安排3～4 題難題

※ N2【問題 11：內容理解】：總題數　9 題 →　安排2～3 題難題

● 【聽解 MP3】逼真完備：唸題速度、停頓秒數、對話氛圍，真實模擬官方考題！

　　因應新日檢「有效溝通、靈活運用」的命題趨勢，聽解科目也較舊制生動活潑。除了有「日本人生活中的常體日語對話」、「音便的省略說法」，也有難度較高的「新聞播報」、「人物訪談」、「論述性對話內容」等。

◎N2【聽解】科目包含 5 種題型：

問題 1【課題理解】：聽題目→實境對話→提示題目→最後作答

問題 2【重點理解】：聽題目→（時間暫停）看答案紙選項→實境對話→提示題目→最後作答

問題 3【概要理解】：實境對話→聽題目→最後作答

問題 4【即時應答】：聽短句日文→選出正確應答

問題 5【統合理解】：聽長篇實境對話→聽題目→最後作答

　　本書【聽解 MP3】內容逼真完備，唸題速度、停頓秒數、對話氛圍等，均100% 真實模擬【JLPT 官方問題集】。測驗時宛如親臨考場，藉由模擬試題完全熟悉正式考題的速度。應試前充分暖身，親臨考場自然得以從容應試，一次合格！

● 超值雙書裝：【試題本】＋【解析本】，作答、核對答案最方便！

　　本書特別將【試題本】及【解析本】分別裝訂成兩本書，讀者可單獨使用【試題本】作答，單獨使用【解析本】核對答案及學習，使用時更加輕巧方便。

新日檢考試制度

　日檢考試於 2010 年 7 月起改變題型、級數、及計分方式，由原本的一到四級，改為一到五級，並將級數名稱改為N1～N5。滿分由 400 分變更為 180 分，計分方式改採國際性測驗的「等化計分」，亦即依題目難度計分，並維持原有的紙筆測驗方式。

　採行新制的原因，是因為舊制二、三級之間的難度差距太大，所以新制於二、三級之間多設一級，難度也介於兩級之間。而原先的一級則將擴大考試範圍、並提高難度。

1. 新日檢的【級數】：

2009 年為止的【舊制】		2010 年開始的【新制】
1 級	→	N1（難度略高於舊制 1 級）
2 級	→	N2（相當於舊制 2 級）
	→	N3（難度介於舊制 2 級和 3 級之間）
3 級	→	N4（相當於舊制 3 級）
4 級	→	N5（相當於舊制 4 級）

2. 新日檢的【測驗科目】：

級數	測驗科目（測驗時間）		聽解
N1	言語知識（文字・語彙・文法）・読解（110分鐘）		聽解（60分鐘）
N2	言語知識（文字・語彙・文法）・読解（105分鐘）		聽解（50分鐘）
N3	言語知識（文字・語彙）（30分鐘）	言語知識（文法）・読解（70分鐘）	聽解（40分鐘）
N4	言語知識（文字・語彙）（30分鐘）	言語知識（文法）・読解（60分鐘）	聽解（35分鐘）
N5	言語知識（文字・語彙）（25分鐘）	言語知識（文法）・読解（50分鐘）	聽解（30分鐘）

　另外，以往日檢試題於測驗後隔年春季即公開出版，但實行新制後，將每隔一定期間集結考題以問題集的形式出版。

——3. 報考各級參考標準

級數	報考各級參考標準
N1	**能理解各種場合所使用的日語** 【讀】1.能閱讀內容多元、或論述性稍微複雜或抽象的文章，例如：報紙、雜誌評論等，並能了解文章結構與內容。 2.能閱讀探討各種話題、並具深度的讀物，了解事件脈絡及細微的含意表達。 【聽】在各種場合聽到一般速度且連貫的對話、新聞、演講時，能充分理解內容、人物關係、論述結構，並能掌握要點。
N2	**能理解日常生活日語，對於各種場合所使用的日語也有約略概念** 【讀】1.能閱讀報紙、雜誌所刊載的主題明確的文章，例如話題廣泛的報導、解說、簡單評論等。 2.能閱讀探討一般話題的讀物，了解事件脈絡及含意表達。 【聽】日常生活之外，在各種場合聽到接近一般速度且連貫的對話及新聞時，能理解話題內容、人物關係，並能掌握要點。
N3	**對於日常生活中所使用的日語有約略概念** 【讀】1.能看懂與日常生活話題相關的具體文章，閱讀報紙標題等資訊時能掌握要點。 2.日常生活中接觸難度稍大的文章時，如改變陳述方法就能理解重點。 【聽】日常生活中聽到接近一般速度且連貫的對話時，稍微整合對話內容及人物關係等資訊後，就能大致理解內容。
N4	**能理解基礎日語** 【讀】能看懂以基本詞彙、漢字所描述的貼近日常生活話題的文章。 【聽】能大致聽懂速度稍慢的日常對話。
N5	**對於基礎日語有約略概念** 【讀】能看懂以平假名、片假名、或是常用於日常生活的基本漢字所寫的句型、短文及文章。 【聽】課堂、或日常生活中，聽到速度較慢的簡短對話時，能聽懂必要的資訊。

——4. 台灣區新日檢報考資訊

（1）**實施機構：**財團法人語言訓練測驗中心（02）2362-6385

（2）**測驗日期：**每年舉行兩次測驗

　　第一次：7 月第一個星期日，舉行 N1、N2、N3、N4、N5 考試。

　　第二次：12 月第一個星期日，舉行 N1、N2、N3、N4、N5 考試。

（3）**測驗地點：**於台北、台中、高雄三地同時舉行。

（4）**報名時間：**第一次：約在 4 月初 ～ 4 月中旬。

　　　　　　　　第二次：約在 9 月初 ～ 9 月中旬。

（5）**報名方式：**一律採取網路報名 http://www.lttc.ntu.edu.tw/JLPT.htm

5. 報考流程：

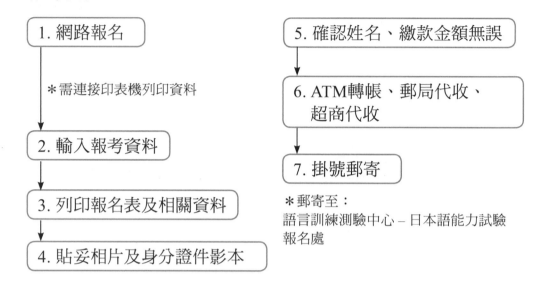

```
1. 網路報名
        │
   ＊需連接印表機列印資料
        │
        ▼
2. 輸入報考資料
        │
        ▼
3. 列印報名表及相關資料
        │
        ▼
4. 貼妥相片及身分證件影本
```

```
5. 確認姓名、繳款金額無誤
        │
        ▼
6. ATM轉帳、郵局代收、
   超商代收
        │
        ▼
7. 掛號郵寄
```

＊郵寄至：
語言訓練測驗中心 – 日本語能力試驗
報名處

6. 考場規定事項：

(1) **必備物品：**准考證、國民身分證或有效期限內之護照或駕照正本、No.2或HB黑色鉛筆、橡皮擦。

(2) **考場內嚴禁物品：**不得攜帶書籍、紙張、尺、鉛筆盒、眼鏡盒、皮包，以及任何具有通訊、攝影、錄音、記憶、發聲等功能之器材及物品（如行動電話、呼叫器、收錄音機、MP3、鬧鐘/錶、翻譯機）等入座。若攜帶上述電子設備，須關閉電源並置於教室前面地板上。

(3) **身分核對：**進入試場後須依准考證號碼就座，並將准考證與身分證件置於監試人員指定處，以便查驗。

(4) **確認答案紙：**作答前，須核對答案紙及試題紙左上方之號碼是否與准考證號碼相符，如有錯誤，應立即舉手要求更換。並應確認答案紙上姓名之英文拼音是否正確，若有錯誤，應當場向監試人員提出更正。

(5) **入場時間：**【聽解】科目於開始播放試題時，即不得入場。其他科目則於測驗開始超過10分鐘，即不得入場。

(6) **其他：**測驗未開始不可提前作答，測驗中不得提前交卷或中途離場，也不得攜帶試題紙、答案紙出場，或意圖錄音、錄影傳送試題。

（＊規定事項可能隨時更新，詳細應考須知請至：財團法人語言訓練中心 網站查詢）

新日檢 N2 題型概要 （資料來源：2012年「日本語能力試驗公式問題集」）

測驗科目 （測驗時間）			問題		小題數	測驗內容	題型說明頁碼
言語知識・讀解 （105分）	文字・語彙	1	漢字發音	◇	5	選出底線漢字的正確發音	P10
		2	漢字寫法	◇	5	選出底線假名的漢字	P11
		3	詞語構成	◇	5	測驗派生語和複合語	P12
		4	文脈規定	○	7	根據句意填入適當的詞彙	P13
		5	近義替換	○	5	選出與底線文字意義相近的詞彙	P14
		6	詞彙用法	○	5	選出主題詞彙的正確用法	P15
	文法	7	句子語法 1 （語法判斷）	○	12	選出符合句意的文法表現	P16
		8	句子語法 2 （文句重組）	◆	5	組合出文法正確且句意通達的句子	P17
		9	文章語法	◆	5	根據文章脈絡填入適當的詞彙	P18
	讀解	10	內容理解 （短篇文章）	○	5	閱讀200字左右與生活、工作相關的短篇文章，並理解其內容	P19
		11	內容理解 （中篇文章）	○	9	閱讀500字左右與評論、解說、隨筆相關、內容較平易的中篇文章，並理解因果關係及理由	P20
		12	統合理解	◆	2	閱讀多篇內容較平易的文章（合計600字左右）並經比較、統合後理解內容	P21
		13	主張理解 （長篇文章）	◇	3	閱讀900字左右論述較明快的評論性文章，理解整體的主張與訴求	P22
		14	資訊檢索	◆	2	從廣告、傳單、簡介、商業書信等資料（約700字左右）找尋答題必要資訊	P23
聽解 （50分）		1	課題理解	◇	5	測驗應試者是否理解解決具體課題的必要資訊，並理解何者為恰當因應（2010～2012年部分題目為有圖題）	P24
		2	重點理解	◇	6	事先會提示某一重點，並圍繞此一重點不斷討論，測驗應試者是否全盤理解	P25
		3	概要理解	◇	5	測驗應試者是否理解說話者的意圖與主張	P26
		4	即時應答	◆	11	聽到簡短的問話，選出恰當的應答	P27
		5	統合理解	◇	4	聽取長篇內容，測驗應試者是否能統合、比較多種資訊來源，並理解內容	P28

※ 表格內符號說明：

　　◆：全新題型　　　　○：舊制原有題型　　　　◇：舊制原有題型，但稍做變化。

※「小題數」為預估值，正式考試可能會有所增減。

※「讀解」科目也可能出現一篇文章搭配數個小題的題目。

新日檢 N2 題型說明 & 應試對策

文字・語彙　問題 1　漢字發音

●小題數：5 題
●測驗內容：選出底線漢字的正確發音

【問題例】

1 仏様を拝む。
　　1　かがむ　　　　　2　ひがむ　　　　　3　おがむ　　　　　4　からむ

2 ゆっくり休んで、体力を補う。
　　1　まかなう　　　　2　おぎなう　　　　3　うたがう　　　　4　とまどう

【應試對策】

面對題目要「快答」：
新制考試中，單字發音已非考題重點，【文法】【読解】中有許多靈活的題型會耗費你較多時間，所以【問題1】這種單純的考題一定要「快答」，不要猶豫太久而浪費時間，不會的題目先跳過。

要注意「濁音、半濁音、拗音、促音、長音」
這些發音細節一定是必考題，面臨猶豫、無法確定時，通常，相信自己的第一個直覺答對的機率較高。

「發音有三個以上假名的漢字」是舊制常考題，新制應該也不例外。
「怠る」、「補う」都是屬於這一類的漢字，一個漢字的發音有三個假名。平常準備時就要注意假名的前後順序，不要漏記任何一個假名。

新日檢 N2 題型說明 & 應試對策

| 文字・語彙　問題 2 | 漢字寫法 |

● 小題數：5 題
● 測驗內容：選出底線假名的漢字

【問題例】

> **9** 彼の行ないは目に<u>あまる</u>。
>
> 　1　甘る　　　　　2　止まる　　　　3　丸まる　　　　4　余る
>
> **10** あなたが悪いので<u>あやまって</u>ほしい。
>
> 　1　誤って　　　　2　過って　　　　3　謝って　　　　4　綾間って

【應試對策】

面對題目要「快答」：
如前所述，發音題已非新制考試重點，【文法】【読解】中有許多靈活的題型會耗費你較多時間，所以和【問題 1】一樣，要「快答」、不會的題目先跳過。

要注意「特殊發音」、「訓讀」的漢字
「音讀」的漢字，容易猜對發音，而「訓讀」的漢字，就得花些時間記熟。對於「特殊發音」的漢字，不妨日積月累、隨時記錄下來，成為自己的特殊字庫。

別誤入陷阱，有些根本是中文，日文裡沒有這樣的漢字！
別受中文的影響，有些看來非常正常的詞彙，在日文裡是「無此字」的。給你的建議是，選項裡你從沒看過的漢字詞彙，極可能是日文裡不存在的，成為正解的機率不高。

新日檢 N2 題型說明 & 應試對策

文字・語彙　問題 3　詞語構成

● 小題數：5 題
● 測驗內容：測驗「派生語」和「複合語」

【問題例】

> **12** 彼女は言い訳しなかったので好感（　　　　）が上がった。
>
> 　1　値　　　　　　　2　株　　　　　　　3　覚　　　　　　　4　度
>
> **13** このコップは消毒（　　　　）です。
>
> 　1　済　　　　　　　2　終　　　　　　　3　完　　　　　　　4　了

【應試對策】

此為 N2 才有的題型！
在新制的其他級數，可能將「派生語」和「複合語」融入其他題型中命題，並非獨立為一個題型，但只有 N2 例外。

派生語：接頭語＋名詞、名詞＋接尾語
日文的「派生語」，多半以「名詞前後加上接頭語或接尾語」的方式呈現，數量不多，也決不能自由創造，見一個記一個是上策。考試時盡量不去選覺得陌生的詞彙。

複合語：動詞＋動詞，以「複合動詞」為主
日文的「複合語」，多半以「動詞＋動詞」、形成「複合動詞」的方式呈現。有一些常見的複合動詞字尾，例如「…きる」、「…かける」等，可查字典整理出常用的複合動詞。考試時，也是盡量不去選覺得陌生的詞彙。

新日檢 N2 題型說明 & 應試對策

文字・語彙　問題4　文脈規定

● 小題數：7題
● 測驗內容：根據句意填入適當的詞彙

【問題例】

16	この食堂は（　　　　）では有名だ。

　　1　本地　　　　　2　地元　　　　　3　本拠地　　　　4　食事

17	いきなり地震が来て（　　　　）してしまった。

　　1　ごたごた　　　2　あたふた　　　3　うろうろ　　　4　おどおど

【應試對策】

必須填入符合句意的詞彙，主要是測驗你的單字量、單字理解力是否充足！
作答此題型，是否理解題目和選項的意義，是答對的關鍵。如果看不懂題目和選項，幾乎只能依賴選項刪去法和猜題的好運氣了。

N2 已屬中高級，選項也可能出現「擬聲語」和「擬態語」。

四個選項中，如果有兩者的意義非常接近，可能是正解的方向！
如果有兩個選項意義非常接近，可能其中一個是正解，另一個是故意誤導你的。

如果四個選項皆為「漢字」，小心誤入意義陷阱！
本題型選項的漢字，通常會具有「與中文字意完全不同」的特質，所以千萬別以中文的思考來解讀，平常應多記一些這種「無法見字辨意」的漢字詞彙。

新日檢 N2 題型說明 & 應試對策

文字・語彙　問題5　近義替換

● 小題數：5 題
● 測驗內容：選出與底線文字意義相近的詞彙

【問題例】

> **23** 麻木さんはずいぶんな人だ。
>
> 　　1　素晴らしい　　　2　優しい　　　　　3　美人　　　　　4　酷い
>
> **24** 悪い人にかかわってはいけません。
>
> 　　1　話しかけて　　　2　関係して　　　　3　影響して　　　4　お金を貸して

【應試對策】

並非選出「可代換底線的字」，而是要選出「與底線意義相同的字」！
有些選項是屬於「可代換的字」，意即置入底線的位置，接續和文法完全正確，但這並非正解，務必選出與底線「意義相同的字」。

先確認底線文字的意義，或從前後文推敲出底線文字的意義。

平時可透過自我聯想，在腦中累積「同義字資料庫」！
此題型宛如「選出同義字」。為了考試合格，平時不妨善用聯想法，先想一個主題字，試試自己能夠聯想到哪些同義字。或建立「同義字資料庫」，先寫下主題字，再逐步紀錄、累積意思相近的詞彙，如此不僅能應付本題型，對於其他題型一定也大有助益。

新日檢 N2 題型說明 & 應試對策

| 文字・語彙 問題6 | 詞彙用法 |

● 小題數：5 題
● 測驗內容：選出主題詞彙的正確用法

【問題例】

> 29　発覚
>
> 　1　英語は難しくないことが<u>発覚</u>した。
>
> 　2　隠れていた泥棒が<u>発覚</u>した。
>
> 　3　試験での不正行為が<u>発覚</u>した。
>
> 　4　ニュートンは万有引力の法則を<u>発覚</u>した。

【應試對策】

考題會出現一個主題詞彙，從選項中，選出主題詞彙所構成的正確句子。
作答時必須先了解主題詞彙的意義，再從四個選項中，選出「使用無誤」的句子。

查字典時不要只看單字意義，還要看例句、了解用法！
本題型屬於「單字意義與用法並重」的題型，如果是死背單字、不深究用法的考生，一定會備感困難。平時查字典時，就要養成閱讀字意，也閱讀例句的習慣，同時了解意義與用法，本題型就難不倒你！

越常見的單字，用法越廣泛、字意越多樣，要特別注意！
越常見的詞彙，往往字意、用法越廣泛多樣。例如「まずい」這個字，就有「不好吃、技術不佳、不恰當」等三種含意，唯有「不死背單字，務求理解」才能突破此種題型。

新日檢 N2 題型說明 & 應試對策

> **文法 問題 7** 句子語法 1（文法判斷）

● 小題數：12 題
● 測驗內容：選出符合句意的文法表現

【問題例】

33 なにか困ったことが（　　　　）相談してください。

　　1　あるから　　　　2　あるので　　　　3　あったら　　　　4　あっても

34 司法試験に受かるため（　　　　）、つらくても勉強する。

　　1　だったら　　　　2　の人　　　　　　3　だけど　　　　　4　だろうから

【應試對策】

選項多為：慣用表達、字尾差異、接續詞、助詞（格助詞、副助詞…等）

考題的重點在於助詞與文法接續，是許多人最苦惱的抽象概念！
日語的助詞、接續詞等，往往本身只具有抽象概念，一旦置入句中，才產生具體而完整的意義，這就是本題型的測驗關鍵。一般而言，閱讀量夠、日語語感好的人，比較容易答對本題型。

做模擬試題時，不要答對了就滿足，還要知道「錯誤選項為什麼是錯的」！
本書針對模擬試題的錯誤選項也做了詳盡解析，逐一閱讀絕對能體會這些抽象概念的接續意含，提升日語語感。

平時閱讀文章時，最好將助詞、接續詞、字尾變化的部分特別圈選起來，並從中體會前後文的接續用法！

新日檢 N2 題型說明 & 應試對策

文法　問題8	句子語法2（文句重組）

●小題數：5題
●測驗內容：組合出文法正確且句意通達的句子

【問題例】

46	あの人は偉そうに ＿＿＿＿ ＿★＿ ＿＿＿＿ ＿＿＿＿ できていない。
	1　一番　　　　2　しているのに　　3　自分が　　　4　説教ばかり

47	もう ＿＿＿＿ ＿＿＿＿ ＿★＿ ＿＿＿＿ しょうがない。
	1　ことを　　　2　過ぎた　　　　3　いつまでも　　4　言っていても

【應試對策】

── 此為舊制沒有的新題型，必須選出「★的位置，該放哪一個選項」。

── 建議1：四個選項中，先找出「兩個可能前後接續」的選項，再處理其他兩個。

── 建議2：也可以先看問題句前段，找出「最適合第一個底線」的選項。
處理後，剩下的三個選項再兩兩配對，最後一個選項則視情況調整。

── 問題句重組完成後，務必從頭至尾再次確認句意是否通順。

── 要記得，答案卡要畫的，是放在★位置的選項號碼。

新日檢 N2 題型說明 & 應試對策

文法　問題 9　文章語法

● 小題數：5 題
● 測驗內容：根據文章脈絡填入適當的詞彙

【問題例】（以下為部分內容）

> 　この仕事をしていると、相談相手から「あなたには私の気持ちがわからないから、そんな 50 なことが言えるんです。」と面と向かって言われることもある。
>
> 　そんな時に私は、怒るだろうか。いや、こういう。
>
> 　「そうです。わかる 51-a ありません。完全にわかって 51-b 、あなたと同じ気持ちになるだけです。それだったらあなたに同情することはできても、ちがう立場から助言することはできません。」と。

【應試對策】

此為舊制沒有的新題型，一篇文章中有 5 個空格，要選出空格的恰當詞彙。

所謂的「恰當詞彙」，是指「吻合文意走向的詞彙」，並非以單一句子來判斷。

作答前務必瀏覽整篇文章，並在文意轉折處註記，可節省之後找線索的時間。

瀏覽文章時，可先預想、並記下空格內的可能詞彙（用中文或日文紀錄都可以）。

要從前後文推敲空格內的可能詞彙，不要只聚焦在空格所在的那一個句子。
本題型的正確選項，必須「合乎文章脈絡發展」，千萬不要只看單一句子，以為文法接續正確就是正解。

一個句子也可能需要填入兩個空格，文中會以 小題號-a 和 小題號-b 的形式呈現，這種情形一定要選擇同時吻合 a、b 兩個空格的選項，不要只判斷其中一個空格就倉促作答。

新日檢 N2 題型說明 & 應試對策

讀解 問題 10	內容理解（短篇文章）

● 小題數：5 題
● 測驗內容：閱讀 200 字左右與【生活、工作】相關的短篇文章，並理解其內容。

【問題例】（以下為部分內容）

（3）　スポーツニュースに続き、次はお天気情報です。南から張り出した高気圧が関東地方を覆っているため、東京地方はよく晴れたいい天気になりそうです。

　　しかし、この天気も今日明日まで。週末には北からの低気圧が南下するため、お天気は下り坂へと向かいそうです。曇るところが多く、ところによっては雨が降るでしょう。週末にお出かけになる方は、傘をお忘れなく。また、雷雨の可能性もあるので、十分にご注意ください。

（ある日のテレビニュースより）

【應試對策】

建議先看題目和選項，再閱讀文章。
先看題目：能夠預先掌握考題重點，閱讀文章時，就能邊閱讀、邊找答案。
先看選項：有助於預先概括了解短文的內容。

閱讀文章時，可以將與題目無關的內容畫線刪除，有助於聚焦找答案。

務必看清問題、正確解讀題意，否則都是白費工夫。

本題型的題目通常會「針對某一點」提問，可能的方向為：
・作者最想陳述的是什麼？　作者對於…的想法是什麼？
・作者所強調的是什麼？　文章中的「…」是指什麼？

新日檢 N2 題型說明 & 應試對策

| 読解　問題 11 | 內容理解（中篇文章） |

● 小題數：9 題
● 測驗內容：閱讀 500 字左右與【評論、解說、隨筆】相關、內
　　　　　　容較平易的中篇文章，並理解因果關係及理由。

【問題例】（以下為部分內容）

> （1）　私の周りには予算ギリギリ、あるいは採算無視の赤字覚悟で店をやり続けている
> 人がたくさんいる。
>
> 　理由を聞くとみな「食べてるお客さんが喜ぶ顔が見たいから」と言う。これは①単
> なる美談ではない。
>
> 　多くの人にとって、仕事の最大のごほうびはお金である。これほど重労働なのにお
> 金も儲からず、いったい何が楽しいんだと思うだろう。

【應試對策】

一篇文章可能考三個問題，文章中的底線文字即為出題的依據。

建議一段一段閱讀，每一段先閱讀底線內容，再閱讀其他。
先讀底線，知道要考的重點，閱讀文章時，就能特別留意相關線索。

可從文章脈絡掌握重點
本題型的文章通常有一定的脈絡。第一段：陳述主題。中間段落：舉實例陳述、或
是經驗談。最後一段：結論。

本題型會針對底線提問，可能的方向為：
・文章中的（底線文字）所指的是什麼？
・文章中提到（底線文字），其原因是什麼？
・文章中提到（底線文字），作者為什麼這樣認為？

新日檢 N2 題型說明 & 應試對策

読解 問題 12 統合理解

● 小題數：2 題
● 測驗內容：閱讀多篇內容較平易的文章（合計 600 字左右）並經比較、統合後理解內容。

【問題例】（以下為部分內容）

A

　　日本の治安が世界一だと言うのは、数字が証明している。
　　なぜこんなに治安がいいのか？
　　それは、優秀な警察が銃刀など危険な武器を厳重に取り締まっているからだ。
　　世界のどんな国を見ても、日本ほど武器所持に厳しい国は少ない。

B

　　色々な国に在住しましたが、日本が特に安全だとは思いません。
　　そればかりか、日本でこそ危ないと言うこともたくさんあります。
　　例えば「オヤジ狩り」。アメリカなんかでも金銭目当ての強盗や恐喝はあります。しかし目的はお金で、それを渡せば何もしません。

【應試對策】

—— 此為舊制所沒有的新題型，藉由閱讀多篇文章後，測驗應試者是否具備彙整、比較、統合的理解能力。

—— 雖然必須閱讀多篇文章，但文章難度和中長篇文章類似，不會特別困難。

—— 與中長篇文章不同的，是沒有底線文字，問題會以「綜合性的全盤觀點」提問。

—— 建議先閱讀題目，並稍微瀏覽選項，可以預先概括了解文章內容。

新日檢 N2 題型說明 & 應試對策

読解　問題 13 ┃ 主張理解（長篇文章）

● 小題數：3 題
● 測驗內容：閱讀 900 字左右論述較明快的評論性文章，理解整體的主張與訴求。

【問題例】（以下為部分內容）

> 　　クラスで英語や日本語を習っていて、できる生徒とできない生徒の差がどれほど激しいかは、経験のある人はよくわかるだろう。そのスペックは同じ期間の学習でも3〜5倍以上にもなる。
>
> 　　しかし私の経験によれば、能力に3〜5倍の差があったとしても、できない生徒はできる生徒より3〜5倍バカなわけではない。知能にはそれほど差がない。
>
> 　　ではどうしてできないのか？
>
> 　　答えは、①生徒がバカなわけではなくやり方がバカなのだ。

【應試對策】

—— 一篇長文可能考三個問題，文章中的底線文字即為出題的依據。

—— 這是【読解】科目中最具難度的題型，文章字數多，並有主張明確的評論性概念，必須細心解讀。

—— 文章可能包含作者的主張、思緒、想法，並用比喻的方式表達。

—— 因文章內容廣泛多元，建議應瀏覽整篇文章再作答，不能只在乎底線文字的相關線索。

新日檢 N2 題型說明 & 應試對策

| 読解 | 問題 14 | 資訊檢索 |

● 小題數：2 題
● 測驗內容：從【廣告、傳單、簡介、商業書信】等資料（約700
　　　　　　字左右）找尋答題必要資訊。

【問題例】（以下為部分內容）

> 【特別展・常設展示 共通案内】
> ■当日に限り再入場できます。（ただし、有料特別展は再入場できません）
> ■障害者の方は通常利用料金から200円を割引いたします。
> ■下記の時間帯は特別時間帯割引として通常利用料金から100円を割引いたしま
> 　す。

【應試對策】

──── 此為舊制所沒有的新題型，必須從所附資料尋找答題資訊。

──── 測驗重點並非文章理解力，而在於解讀資訊的「關鍵字理解力」。

──── 建議先看題目掌握問題方向，再從所附資料找答案，不需要花時間鑽研全部資料。

──── 也不建議直接瀏覽所附的資料，最好一邊看題目，一邊從所附資料中找線索。

新日檢 N2 題型說明 & 應試對策

　　聽解　問題 1 ┃ 課題理解

● 小題數：5 題（2010～2012 年部分題目為有圖題）
● 測驗內容：測驗應試者是否理解解決具體課題的必要資訊，並理解何者為恰當因應。

【問題例】

2 番

1 車で学校の近くのネットカフェに行く。

2 バスで駅前のネットカフェに行く。

3 バスで学校の近くのネットカフェに行く。

4 車で駅前のネットカフェに行く。

【應試對策】

試卷上部分題目會印出「圖」和「選項」，部分只有「選項」。

全部流程是：
音效後開始題型說明 → 音效後題目開始 → 聆聽說明文及「問題」 → 約間隔 1～2 秒後聽解全文開始 → 全文結束，音效後再重複一次「問題」 → 有 10 秒的答題時間，之後便進入下一題。

可能考的問題是「前後順序為何、有哪些地點、有哪些東西」等，記得一邊聽、一邊看圖、並做筆記。

新日檢 N2 題型說明 & 應試對策

| 聽解　問題 2 | 重點理解 |

● 小題數：6 題
● 測驗內容：事先會提示某一重點，並圍繞此一重點不斷討論，
　　　　　　測驗應試者是否全盤理解。

【問題例】

3番（ばん）

1　人間関係（にんげんかんけい）で悩（なや）んでいるから

2　お客（きゃく）さんと話（はな）すのがつらいから

3　この会社（かいしゃ）で出世（しゅっせ）したくないから

4　もっと自分（じぶん）に向（む）いている仕事（しごと）がしたいから

【應試對策】

──── 試卷上只會看到選項，沒有圖，某些題目的選項文字可能比較多。

──── 全部流程是：
音效後開始題型說明 → 音效後題目開始 → 聆聽說明文及「問題」→ 暫停 20 秒
（讓考生閱讀選項）→ 音效後聽解全文開始 → 全文結束，音效後再重複一次「問題」→ 有 10 秒的答題時間，之後便進入下一題。

──── 前後各會聽到一次「問題」。聽解全文有單人獨白，也可能有兩人對話。

──── 一定要善用說明文之後的 20 秒仔細閱讀選項、並比較差異。聆聽全文時，要特別留意有關選項的內容。

新日檢 N2 題型說明 & 應試對策

聽解 問題 3 概要理解

● 小題數：5 題
● 測驗內容：測驗應試者是否理解說話者的意圖與主張。

【問題例】

問題3 ◎ 04

問題3では、問題用紙に何もいんさつされていません。この問題は、全体としてどんな内容かを聞く問題です。話の前に質問はありません。まず話を聞いてください。それから、質問とせんたくしを聞いて、1から4の中から、最もよいものを一つ選んでください。

―メモ―

【應試對策】

試卷上沒有任何文字，問題、選項都要用聽的。

「問題」只聽到一次，而且是在聽解全文結束後才唸出「問題」，並非先知道「問題」再聽全文，是難度較高的聽解題型。

全部流程是：
音效後開始題型說明 → 音效後題目開始 → 聆聽說明文 → 約間隔 1 ～ 2 秒後聽解全文開始 → 全文結束，音效後唸出「問題」 → 問題之後開始唸出選項 → 4 個選項唸完後有 8 秒的答題時間，之後便進入下一題。

聽解全文有單人或兩人陳述，多為表達看法或主張。聆聽全文時還不知道要考的問題為何，所以務必要多做筆記。

新日檢 N2 題型說明 & 應試對策

聽解 問題 4 即時應答

● 小題數：11 題
● 測驗內容：聽到簡短的問話，選出恰當的應答。

【問題例】

問題4では、問題用紙に何もいんさつされていません。まず文を聞いてください。それから、それに対する返事を聞いて、1から3の中から、最もよいものを一つ選んでください。

―メモ―

【應試對策】

—— 試卷上沒有任何文字，問題、選項都要用聽的。

—— 是舊制所沒有的新題型。先聽到一人發言，接著用聽的選擇「正確的回應選項」。

—— 全部流程是：
音效後開始題型說明 → 音效後題目開始 → 聽到一人發言 → 聽到選項 1 ～ 3 的數字及內容 → 8 秒的答題時間，之後便進入下一題。

—— 本題型主要測驗日語中的正確應答，並可能出現日本人的生活口語表達法。

—— 須留意「對話雙方的身分」、「對話場合」、「首先發言者的確切語意」，才能選出正確的回應。

新日檢 N2 題型說明 & 應試對策

● 小題數：4 題
● 測驗內容：聽取長篇內容，測驗應試者是否能統合、比較多種
　　　　　　資訊來源，並理解內容。

【問題例】

問題5 ◎ 06

問題 5 では、長めの 話 を聞きます。この問題には練習 はありません。

メモをとってもかまいません。

【1番、2番】

問題用紙に何もいんさつされていません。まず 話 を聞いてください。それから、質
問とせんたくしを聞いて、1から4の中から、 最 もよいものを一つ選んでくださ
い。

　　　　　　　　　　　　　　　　―メモ―

【應試對策】

全部 4 題可能有兩種形式：（1）試卷上沒有任何文字（2）試卷上有選項。

（1）的流程與【聽解-問題 3】相同

（2）的流程是：

音效後開始題型說明 → 音效後題目開始 → 聆聽說明文 → 約間隔 1 ～ 2 秒後聽
解全文開始 → 全文結束，音效後唸出 2 個「問題」→（看試卷上的選項作答）有
8 秒的答題時間。

與【聽解-問題 3】一樣，「問題」只唸一次，而且是在聽解全文結束後才唸。

本題型的聽解全文以多方陳述為主，可聽到雙方或三方的意見，必須統合、比較、
並能理解。字數多，難度更甚於【聽解-問題 3】。

新日檢 N2｜標準模擬試題

目錄 ●

第 ❶ 回

言語知識（文字・語彙・文法）・読解

聴解

言語知識（文字・語彙・文法）・読解

限時 105 分鐘　作答開始：＿＿＿ 點 ＿＿＿ 分　作答結束：＿＿＿ 點 ＿＿＿ 分

問題 1 ＿＿＿＿ の言葉の読み方として最もよいものを、1・2・3・4から一つ選びなさい。

1 青い空を<u>仰ぐ</u>。
1 およぐ　　　　2 あおぐ　　　　3 しのぐ　　　　4 かぐ

2 この仕事を<u>舐めて</u>もらっては困る。
1 ためて　　　　2 なめて　　　　3 もめて　　　　4 とめて

3 虫に刺されて<u>腫れた</u>。
1 はれた　　　　2 むれた　　　　3 とれた　　　　4 ほれた

4 彼は<u>童顔</u>なので若く見える。
1 とうがん　　　2 どうがん　　　3 どうがお　　　4 わらべがお

5 <u>諦め</u>ないでがんばって。
1 しめ　　　　　2 ため　　　　　3 なめ　　　　　4 あきらめ

問題2 _____ の言葉を漢字で書くとき、最もよいものを、1・2・3・4から一つ選びなさい。

6 彼は部下からの信望に<u>あつい</u>。
1 厚い　　　　2 熱い　　　　3 暑い　　　　4 甘い

7 待望の新作に<u>あつい</u>期待を寄せる。
1 暑い　　　　2 熱い　　　　3 厚い　　　　4 甘い

8 これは私が<u>あずかる</u>。
1 預かる　　　2 授かる　　　3 儲かる　　　4 転かる

9 彼の行ないは目に<u>あまる</u>。
1 甘る　　　　2 止まる　　　3 丸まる　　　4 余る

10 あなたが悪いので<u>あやまって</u>ほしい。
1 誤って　　　2 過って　　　3 謝って　　　4 綾間って

問題3　（　　　　）に入れるのに最もよいものを、1・2・3・4から一つ選びなさい。

11　会議（　　　　）なので席を立てない。

　　1　前　　　　　　　2　中　　　　　　　3　後　　　　　　　4　間

12　彼女は言い訳しなかったので好感（　　　　）が上がった。

　　1　値　　　　　　　2　株　　　　　　　3　覚　　　　　　　4　度

13　このコップは消毒（　　　　）です。

　　1　済　　　　　　　2　終　　　　　　　3　完　　　　　　　4　了

14　あの男の言動は（　　　　）常識だ。

　　1　無　　　　　　　2　不　　　　　　　3　反　　　　　　　4　非

15　英単語を（　　　　）暗記してもしゃべれない。

　　1　整　　　　　　　2　丸　　　　　　　3　全　　　　　　　4　闇

問題 4 （　　　）に入れるのに最もよいものを、1・2・3・4から一つ選びなさい。

16 彼は言うことが（　　　）変わる。

  1 ごろごろ   2 ころころ   3 ぐるぐる   4 ごてごて

17 貧血でものが（　　　）見える。

  1 たるんで   2 ゆがんで   3 かわって   4 とまって

18 机の上に足を乗せるのは（　　　）が悪い。

  1 教育   2 品物   3 行儀   4 徳

19 探偵に仕事を（　　　）した。

  1 依頼   2 信用   3 接待   4 対応

20 学歴（　　　）知能ではない。

  1 イコール   2 リコール   3 アフター   4 エフェクト

21 コマが（　　　）回っている。

  1 くねくね   2 よちよち   3 くるくる   4 あちこち

22 会社の（　　　）は悩みが多い。

  1 利益   2 部門   3 運営   4 開幕

問題 5 _____ の言葉に意味が最も近いものを、1・2・3・4から一つ選びなさい。

23 麻木さんはずいぶんな人だ。

　　1　素晴らしい　　　2　優しい　　　　　3　美人　　　　　4　酷い

24 悪い人にかかわってはいけません。

　　1　話しかけて　　　2　関係して　　　　3　影響して　　　4　お金を貸して

25 あっというまに、噂が広まった。

　　1　ゆっくり　　　　2　短い間に　　　　3　目の前で　　　4　知らない間に

26 彼女には部長もあきれている。

　　1　尊敬している　　2　注目している　　3　期待している　　4　放置している

27 目上の人をうやまう。

　　1　尊敬する　　　　2　軽蔑する　　　　3　無視する　　　　4　説教する

問題 6　次の言葉の使い方として最もよいものを、1・2・3・4から一つ選びなさい。

28　なでる

　1　子供の頭をなでた。

　2　彼は毎朝歯ブラシで歯をなでている。

　3　ぞうきんで机をなでた。

　4　飛行機が滑走路をなでた。

29　売り上げ

　1　今年の売り上げは去年を上回った。

　2　この新製品は明日から売り上げを開始します。

　3　売り上げてしまって在庫がない。

　4　この製品は今年たいへん売り上げています。

30　謹慎

　1　謹慎な場所なので、冗談を言ってはいけない。

　2　罰として自宅で謹慎を申し付けられた。

　3　彼は謹慎な性格だ。

　4　謹慎に仕事をしたので、うまくいった。

31　勘弁

　1　反省しているので勘弁する。

　2　勘弁なので弁護士を目指している。

　3　この勘弁は高いがおいしい。

　4　この素材は水に勘弁できない。

32　格好

　1　これは格好の食材だ。

　2　彼女は足が長く格好がいい。

　3　大リーグのほうが日本野球より格好だ。

　4　これは格好のチャンスだ。

問題7　次の文の（　　　）に入れるのに最もよいものを、1・2・3・4から一つ選びなさい。

33 なにか困ったことが（　　　）相談してください。

1 あるから　　　　2 あるので　　　　3 あったら　　　　4 あっても

34 司法試験に受かるため（　　　）、つらくても勉強する。

1 だったら　　　　2 の人　　　　　　3 だけど　　　　　4 だろうから

35 部下にやらせるのではなく、やる気に（　　　）のがいい上司だ。

1 なる　　　　　　2 なった　　　　　3 した　　　　　　4 させる

36 水を飲んでトイレに（　　　）なった。

1 行きたいに　　　2 行きたく　　　　3 行くように　　　4 行くはずに

37 運動をしている（　　　）暖かくなってきた。

1 ので　　　　　　2 なかで　　　　　3 うちに　　　　　4 ついでに

38 「パーティーは、（　　　）？」

1 楽しんであげられましたか　　　　　2 楽しんで差し上げましたか
3 楽しんでやりましたか　　　　　　　4 楽しんでいただけましたか

39 発言権は平等（　　　）、結局上司の意見が優先されてしまう。

1 だとか言っておきながら　　　　　　2 だとされたために
3 であることを前提にしたため　　　　4 であるからして

40 しらないふりを（　　　）無駄だ。

1 したら　　　　　2 しても　　　　　3 すると　　　　　4 させて

41 このぬいぐるみのネコはまるで生きている（　　　）。

1 みたいだ　　　　2 らしい　　　　　3 そうだ　　　　　4 らしくない

42 これ、こんな古い車ですが、私（　　　）大事な車なんです。

1 にとっては　　　2 にしては　　　　3 にしても　　　　4 がみれば

43 源氏物語は、光源氏を主人公（　　　　）。

　　1　になっている　　2　となった　　　3　がしている　　　4　としている

44 私には、あの人の気持ちも（　　　　）。

　　1　わかることではない　　　　　2　わからないことがある

　　3　わからないことはない　　　　4　わかったことはない

問題 8 次の文の ＿＿★＿＿ に入る最もよいものを、1・2・3・4から一つ選びなさい。

（問題例）

中国で ＿＿★＿＿ ＿＿＿＿＿ ＿＿＿＿＿ ＿＿＿＿＿ 存在しない。

　　　1　見られる　　2　牛肉麺は　　3　一般的に　　4　日本の中華料理には

（解答のしかた）

1. 正しい文はこうです。

中国で ＿＿★＿＿ ＿＿＿＿＿ ＿＿＿＿＿ ＿＿＿＿＿ 存在しない。
　　　3一般的に　1見られる　2牛肉麺は　4日本の中華料理には

---

2. ＿＿★＿＿ に入る番号を解答用紙にマークします。

（解答用紙）　| _{れい}（例） | ① ② ● ④ |
| --- | --- |

[45] そんな ＿＿＿＿＿ ＿＿＿＿＿ ＿＿＿＿＿ ＿＿★＿ あるだろう。
　　　1　相手にも　　　2　ことを　　　3　都合が　　　4　言っても

[46] あの人は偉そうに ＿＿＿＿＿ ＿＿★＿ ＿＿＿＿＿ ＿＿＿＿＿ できていない。
　　　1　一番　　　2　しているのに　　3　自分が　　4　説教ばかり

[47] もう ＿＿＿＿＿ ＿＿＿＿＿ ＿＿★＿ ＿＿＿＿＿ しょうがない。
　　　1　ことを　　　2　過ぎた　　　3　いつまでも　　4　言っていても

[48] 私は ＿＿＿＿＿ ＿＿＿＿＿ ＿＿＿＿＿ ＿＿★＿ 何時まで店にいたか知らない。
　　　1　先に　　　2　帰ったので　　3　彼らが　　4　昨日は

[49] ストレスが ＿＿＿＿＿ ＿＿＿＿＿ ＿＿★＿ ＿＿＿＿＿ 病気になる。
　　　1　落ちて　　　2　たまると　　3　抵抗力が　　4　様々な

問題 9 次の文章を読んで、文章全体の内容を考えて、 50 から 54 の中に入る最もよいものを、1・2・3・4から一つ選びなさい。

　米国歌手ロバータ・フラック（Roberta Flack）の「やさしく歌って」は70年代のスタンダードとして今も残る名曲である。

　歌詞も旋律も素晴らしいこの曲は、しかし原作者による 50 でヒットしたのではなかった。たまたま飛行機で耳にしたロバータが取り上げたことで世界的ヒットとなったのだ。

　某コーヒーメーカーのコマーシャルソングとして 51 されたので、覚えておられる方も多いだろう。

　最近はこのように歌に和名をつけることはあまりなく、英語そのままをカタカナにする場合が多い。

　この原題をそのままカタカナ表記すると「キリング・ミー・ソフトリー（Killing me softly）」だが、断然和名のほうが素晴らしい。

　このように、和名をつける場合は普通 52-a ではなく 52-b に命名されることが多い。

　この曲の場合、そのまま翻訳すると「やさしく殺して」となる。

　これが和名となっていたら、ヒットしたかどうかは微妙だ。

　何せ、日本語では「殺す」と言うのはいいイメージがないからだ。

　しかし、 53-a 日本語でも「殺す」は悪い意味ばかりで使う 53-b 。

　例えば「女殺し」と言うと、本当に殺してしまうのではなく「心も体もメロメロにさせる」と言う意味である。

　この曲の歌詞はまさにそういった意味で使われているわけであるが、日本語的感覚で言うと少々 54 。それでこのような和名になったのだろうが、日本語は強い表現を嫌うのでこれくらいがちょうどよいと感じられる。

（六本木陽一「洋楽名曲百選」業界出版社より）

50

1 自業自得　　　2 自作自演　　　3 自由自在　　　4 自暴自棄

51

1 流用　　　　　2 起用　　　　　3 慣用　　　　　4 常用

52

1 a 直感的　／　b 論理的

2 a 直情的　／　b 計画的

3 a 直訳的　／　b 意訳的

4 a 英訳的　／　b 和訳的

53

1 a 実は　　／　b わけではない

2 a 本当に　／　b のである

3 a 実に　　／　b と言ってもよいのである

4 a 特に　　／　b ことが多い

54

1 格好が悪い　　　2 語呂が悪い　　　3 意地が悪い　　　4 縁起が悪い

問題 10　次の (1) から (5) の文章を読んで、後の問いに対する答えとして最もよいものを、1・2・3・4から一つ選びなさい。

(1)　「人生で一生忘れない言葉」って、学校の先生から聞いたことあるでしょうか？

　私はもちろんあります。その時は聞き流しているのですが、過ぎ去ってから気がついたりするのです。そしてそれは、授業内容とは関係のないことが多かった気がします。

　だから話した方は、誰かの心に一生残っていてその人生を支えているなんてたぶん思っていないでしょう。話した内容を忘れてしまっているかもしれません。

　しかし自分の歩いた道が言葉となって、他の誰かの人生で生き続けるなんて、素敵なことだと思いませんか？

　私は、それを目標にしているんです。

（南斗優香「ある日の講演」より）

55　筆者が目標にしている事は何か。

1　人の話を思い出して教訓にすること。

2　学校の授業外でも色々と学ぶこと。

3　人に聞いた話は一生忘れないこと。

4　自分の言葉が他人の人生に影響できること。

(2) 今回は、当食堂をご利用いただきまして誠にありがとうございます。

　お客様にお願いです。当店はセルフサービスとなっております。

　まず食券をお求めになり、配膳台でお引き換えください。水は給水機が左側に、食器はナイフとフォークが給水機の隣にございます。お箸は各食卓の上にある割り箸をご利用ください。食べ終わった食器はお盆ごと回収台のほうにお戻しください。

　なお、割り箸と紙コップは回収台に戻さず、ゴミ箱に捨ててくださるようお願い申し上げます。

(教習所付設のある食堂の放送より)

56 この食堂に関して正しいのはどれか。

　1　料金は配膳台で前払いする。

　2　ナイフとフォークは食卓の上のものを各自取る。

　3　食べ終わったら配膳台に食器を返す。

　4　箸はテーブルの上においてある。

（3） スポーツニュースに続き、次はお天気情報です。南から張り出した高気圧が関東地方を覆っているため、東京地方はよく晴れたいい天気になりそうです。

　しかし、この天気も今日明日まで。週末には北からの低気圧が南下するため、お天気は下り坂へと向かいそうです。曇るところが多く、ところによっては雨が降るでしょう。週末にお出かけになる方は、傘をお忘れなく。また、雷雨の可能性もあるので、十分にご注意ください。

（ある日のテレビニュースより）

57 次の供述でまちがっているものはどれか。

1　今日は木曜日である。

2　金曜日以前はよく晴れた天気となる。

3　週末の東京地方はすべて雨となる。

4　週末には雷雨のところもある。

（4）　音楽の授業が嫌いな人だって、歌を歌うのが嫌いな人だって、「好きな曲がひとつもない」なんてありえないですよね？

　そう、私たち人類は一人の例外もなく音楽が好きなのです。

　私たちは、どうして音楽を好きになるのでしょう？

　それは「魂が共鳴するから」だと思うのです。

　ではどうして魂が共鳴するのでしょう？

　それは、自分を生かすために打つ心臓のビートと、同じリズムを持っているからだと思うのです。

　だから、好きな音楽を聴くと元気が出るのです。

（落合圭子「音楽あれこれ」前書き　産ミュージック出版より）

58 筆者が音楽が嫌いな人はいないと言うのはどうしてか。

1　自分が好きだから。

2　音楽とは命そのものだから。

3　音楽は美しいと思うから。

4　音楽が嫌いな人が知り合いにはいないから。

（5）　「死にたい」とか言ってる人。

　もしあなたが草食動物だったら「もう生きるのに疲れたから、どうぞ食べてください」って逃げずにいられますか？どんな時だって、必死で逃げようとするでしょう？そして逃げられたら「ああよかった」って思えるでしょう？

　それが生存本能なんです。

　人間は捕食者がいないのに定期的にいつでも好きなものを食べることができる幸せな動物だから、①生存本能が鈍っているのかもしれません。

（作者：YOKO　あるネット発言より）

59　発言者の言う①生存本能が鈍っている状態とは何か。

1　おなかいっぱい草を食べない状態。

2　いつでも好きなものを食べられる状態。

3　無事でいることを幸せに感じない状態。

4　疲れていて仕事をしたくない状態。

問題 11　次の (1) から (3) の文章を読んで、後の問いに対する答えとして最もよいものを、1・2・3・4から一つ選びなさい。

（1）　旅行とは精神のトリップだと私はいつも言っている。

　普通に生活していると、自分の食べたいものを食べ、見たいものを見、やりたいことをやって毎日が同じようになっていく。

　いつも食べている物はおいしいとは思わなくなり、常に見ている物には特別な注意を払わなくなり、日頃している事には面白味を感じなくなる。

　こうして①生活は新鮮味を失ない、惰性で過ごすようになる。

　旅行とはそれをリフレッシュさせてくれるものだ。

　私は旅行に行くとなるべく日頃食べないものを食べ、いつもは立ち寄らないような店に入り、宿の部屋でもいつもは見ないようなテレビを見る。

　それらがおいしいかまずいか、おもしろいかつまらないか、ということは問題ではない。「敢えていつもとちがうことをしてみる」ということが大切なのだ。日常生活のマンネリを打ち破り、いつもの自分とは違う角度から見てみるには何かきっかけが必要だ。旅行とは、そうしてみたい気分にさせてくれるのである。

　そうしていつもの日常に戻った時、②「旅先で出会ったそれら」に再会すると、その時の思い出がよみがえる。そのため、それまでは触れなかったそれらが好きになってしまっている自分を発見することもある。

　そうなると、私という人間の振り幅が広がる。つまり、生活の中でおいしいと思うもの、面白いと思うもの、楽しいと思うものが増えるのである。

　こうした精神的収益に比べれば、旅行費なんて安いものだ。

（南斗優香「旅行に行こう」晴海書房より）

60 ①生活は新鮮味を失ない、惰性で過ごすようになる最大の原因は何か。

1 毎日の生活はいいことばかりではないから。

2 忙しすぎて生活を楽しむ余裕がないから。

3 行動や思考の仕方がワンパターンになるから。

4 無駄なエネルギーを使わないようになるから。

61 ②「旅先で出会ったそれら」とは何を指しているか。

1 旅行の時にしてみた新しいこと。

2 旅行で知り合った人たち。

3 旅行で撮った写真

4 旅行の思い出

62 筆者の言う旅行最大の収益とは何か。

1 色々な人と知り合える。

2 綺麗な景色が見られる。

3 さまざまな思い出が残る。

4 気分を変えて日常に戻る。

（2）　外見とは、その人間をトータルであらわすもの。地位や身分は考え方などを、第三者に無言で主張する手段でもある。

　「ロンドンハーツ」（注1）という番組で、街で見かけたあまりさえない外見の子を変身させて楽しむと言う企画がある。ある不良娘はいきなりシックで上品な大人の女に大変身。「こんな自分になれるとは思っても見なかった」と言った。

　「もう一度昔の自分に戻りますか」と言う問いに、①「絶対イヤです」と答えていた。

　人は一度ランクアップすると、もうランクダウンはイヤなのだ。

　人から見下げられてると思っていた自分が突然人から羨望のまなざしで見られるようになったら、もう卑下はしないのである。

　しかし、彼女は別に中身から変わったわけではない。外見を変えただけなのだ。

　このことは、外見とはガワ（注2）だけなくその人のすべてであるということだ。

　説教などしなくても、外見を変えるだけで心と言う中身まで変わってしまう不思議を見て、②なにかヒントを得た気がした。

（矢部絵代「服装の示すもの」叡思出版より）

（注1）ロンドンハーツ：日本のバラエティー番組。

（注2）ガワ：「皮（かわ）」の俗的用法。

63 ①「絶対イヤです」と答えたのはどういう心境からか。

1 以前の服装はダサかったからもう着たくない。

2 以前の自分には飽きたから同じ服装はしない。

3 ちがう人になるのは楽しい刺激だから元には戻らない。

4 もう二度と以前の自分には堕ちたくない。

64 ②なにかヒントを得た気がしたとあるが、筆者が得たヒントとは何か。

1 心を変えるヒント。

2 服装を変えるヒント。

3 キレイに見えるヒント。

4 人を判断するヒント。

65 この文から得られる結論は何か。

1 場所や状況にふさわしい服装を身につけるべきだ。

2 気持ちが変われば、身につける服装も変わっていく。

3 外見を変えれば、中身もそれにつれて変わってくる。

4 いい服装をしている人は、中身も素晴らしい。

（3）　人間は基本1日3食、8時間睡眠ですが、動物の種類によって食事や睡眠はかなり違います。野生のライオンやトラは狩りが成功しなければ数日間食べないでいることも多いそうです。逆に草食動物は1日中食事をしているようです。これは、草は逃げないと言うことと、栄養が少ないので量を食べないといけないと言うこともあります。①雑食性のネズミも、ずっと食事をし続けているそうです。しかしこれは草食動物と理由が異なり、体が小さいのでエネルギーを溜め込むことができないからだそうです。だから、ほんの数日食べないと餓死してしまうそうです。モグラにいたっては、わずか12時間モノを食べないだけで餓死するそうです。

　睡眠は、基本的に肉食動物ほど長いようです。ライオンなどは一日20時間も寝ているそうです。また、コアラやナマケモノなど樹の上で生活し天敵が少ない動物も同じくらい寝るそうです。逆に、草食動物はほとんど寝ないらしいです。いつ敵に襲われるかわからないので、立ったまま15分などの短眠を重ね、1日総計でも3時間くらいということです。

　このように睡眠や食事は動物によってかなり違います。しかし、面白いのは人間にはばらつきが多いことです。1日1回しか食べない人もいれば、1日5回以上食べる人もいます。睡眠も、1日3〜4時間くらいしか寝ない人もいれば、12時間以上寝る人もいます。

　一般に、睡眠時間は商工業の仕事をする人は短く、芸術や学問や創作をする人の睡眠時間は長いようです。アインシュタインは1日10時間以上眠ったそうです。

（陸奥五郎「動物と人間」楠田文庫より）

66 ①雑食性のネズミも、ずっと食事をし続けているのはなぜか。

1　雑食性だから色々な種類の食物が必要となるため。

2　草は動物とちがって逃げないし量もたくさんあるから。

3　草食動物とは体のつくりが違うから。

4　栄養を貯蓄できないから。

67 睡眠時間が短い動物は、どういう原因によるものか。

1　肉を多く食べるから。

2　消化に時間がかかるから。

3　天敵が多いから。

4　体が大きいから。

68 人間の食事回数や睡眠時間がバラバラな原因について、筆者はどう思っているか。

1　個々の体質がまったくちがうため。

2　個々の職業や生活に対する需要がちがうため。

3　職種によって忙しさが違うため。

4　育った環境による習慣がちがうため。

問題12　次のＡとＢはそれぞれ、日本の治安についての意見である。二つの文章を読んで、後の問いに対する答えとして最もよいものを、1・2・3・4から一つ選びなさい。

A

日本の治安が世界一だと言うのは、数字が証明している。

なぜこんなに治安がいいのか？

それは、優秀な警察が銃刀など危険な武器を厳重に取り締まっているからだ。

世界のどんな国を見ても、日本ほど武器所持に厳しい国は少ない。

カッターナイフや玩具銃を持ち歩いているだけで警察に連行されるほど、徹底した警官の勤勉さがこの治安の良さを作っていると言える。

また、日本人は根がおとなしくやさしい国民なので、あまり人と争うことをしないのもその原因の一つだろう。

武器を持たない庶民、優秀な警官、温厚な民族性が日本の治安を世界一の水準に保っていると言えよう。

（発言者：ある警察関係者）

B

色々な国に在住しましたが、日本が特に安全だとは思いません。

そればかりか、日本でこそ危ないと言うこともたくさんあります。

例えば「オヤジ狩り」。アメリカなんかでも金銭目当ての強盗や恐喝はあります。しかし目的はお金で、それを渡せば何もしません。ところが日本では、お金を出してもなお暴行されたりします。さらにひどいのは「ホームレス狩り」です。お金も家もないかわいそうな人を襲うのです。しかも、大勢で武器を持って。

これだけ物資の豊かな国で、そんなことをする理由や心理がわかりません。

数字上の犯罪は少ないですが、警察に記録されない無数の暴力事件が毎日起こっていると思います。無関係の人間が無目的な暴行の被害にあうという面では、日本はとても危険な国だと思います。

（発言者：あるインドの留学生）

69 Bの意見を要約するとどれがあてはまるか。

1 庶民は武器を持たないので安全だ。

2 アメリカなどと治安は大差ない。

3 無関係な人に襲われる危険性がある。

4 特別に悪いことをしなければ安全に生活できる。

70 AB両方を読んだ上で、断言できる事は何か。

1 日本の庶民は武器を一切所有していない。

2 日本人は温厚なので人を襲う事はまずない。

3 警官が優秀なので安心して街を歩ける。

4 数字だけを見て安心するのは禁物だ。

問題 13　次の文章を読んで、後の問いに対する答えとして最もよいものを、1・2・3・4から一つ選びなさい。

　一昔前までは、スターと言えば「明星」。

　一般の人の手の届かない遠くでまばゆく輝く星のように、見るだけで触れることもできない高嶺の花。映画やテレビの俳優や歌手だけでなく、有名画家、有名作家、有名漫画家、有名写真家等。それらすべてが、一般人が恋焦がれ憧れても自らの手中に収めることのできない、遥か彼方の存在だった。

　しかし今ではインターネットの登場によって、その幻影は崩れつつある。スター自らがブログで自己の日常を綴（つづ）り、匿名掲示板やツィッターに登場して名も顔も知らぬファンと語り合う。

　スターは高見から一般人を見下ろす存在ではなくなり、だんだんと手の届くところに降りて来るようになった。

　それと同時に、一般人でもブログを利用して自らの絵や写真や漫画などを、あるいはYOUTUBEなどで自分の歌や演奏を、不特定多数の人に発表して評価してもらえるようになった。

　今までは少数の人間のみの特権だった、①スターへの階段に続く細く狭い入り口への切符。それを誰もが手にすることになった。こうして狭かった入り口は大きく広がり、多くの人たちに直接自分の作品を問うことができるようになった。

　その結果、歌の売り込みやお笑いのオーディションなどで、「外部から応募→頭の古い審査員の個人的趣味や偏見により夢を阻まれる」と言う、多くの人を苦しめてきた第一関門がなくなった。ネットで多くの人に支持されるようになったら、何も②権威を振りかざし偏見に満ち溢れた審査員に頭を下げ媚を売る必要などどこにもなくなる。ネットで直接大衆からの人気を得られれば、今までと180度変わって会社のほうから「ぜひ契約させてください」とお願いにしに来るようになる。

　このようにほぼ希望者全員に発表のチャンスが与えられた今、スターへの入り口は運から実力へと変わってきている。才能が出口を失い消えてゆくことがなくなったかわりに、封鎖されていた特権世界も開放された。誰であっても安穏としていれば淘汰され、かつてのような安住の地はない。

　誰もがなれる職業ではない代わりに、その場所に辿り着いた人にとっては選ばれ

たもののみの特権であったスターと言う地位。しかし最近ではスターと一般人との垣根は、こうして徐々に取り払われつつある。

　誰にでもなれるチャンスがある代わりに、かつての神々しい幻想を失なった「等身大のスター」が今後の傾向であるのかもしれない。

（梨本優「スター今昔物語」日本芸能社より）

71　①スターへの階段に続く細く狭い入り口への切符とあるが、スターへの入り口が細く狭かったのはなぜか。

　1　スターになるには業界人の審査が必要だったから。

　2　業界そのものが小さかったから。

　3　スターに対し世間の偏見があったから。

　4　なりたい人が少なかったから。

72　②権威を振りかざし偏見に満ち溢れた審査員に頭を下げ媚を売る必要などどこにもなくなるのはどうしてか。

　1　事務所からのスカウトが増えたから。

　2　審査員の権威が失墜したから。

　3　審査が公平になったから。

　4　審査がなくてもデビューできるルートができたから。

73　これからのスターが等身大になっていくと言うのはどうしてか。

　1　芸がなくてもスターになれるから。

　2　一般人との差が縮まるから。

　3　競争率が高くなって水準が平均化するから。

　4　謙虚な態度が求められるから。

問題 14　次は、ある局のラジオ番組についてである。下の問いに対する答えとして
　　　　　最もよいものを、1・2・3・4から選びなさい。

74　放送内容について、正しいものはどれか。

　　1　午後3時台に日本の歌の特集がある。

　　2　午後11時台に世界の天気を報道する。

　　3　午前1時台にはニュースが二回ある。

　　4　午前4時台に長崎の原爆の話がある。

75　放送内容について、まちがっているものはどれか。

　　1　午前2時台と3時台は洋楽を特集している。

　　2　午前1時台と4時台の番組は再放送である。

　　3　午後11時台はニュースがない。

　　4　スポーツニュースは午前0時台の1回だけである。

9月29日（木）アンカー：迎　康子	
午後１１時台	午後11時20分からの放送です。
	〔日本列島くらしのたより〕
	山形県鶴岡市　佐久間利彦
	〔ないとエッセー〕
	踏切めぐりの楽しみ(4)
	作家・エッセイスト　石田　千
	全国天気　明日の日の出
９月３０日 午前０時台	ニュース・スポーツ・円株
	WN　エジプト・カイロ　中野眞由美
	［くらしの中のことば］
	園芸研究家　小笠原亮軒
	今日の動き・歌・世界の天気
午前１時台	ニュース・円株
	〔列島インタビュー〕アンコール
	主婦から映画プロデューサーへ
	映画プロデューサー　益田祐美子
	（H23．7．4放送）
	ニュース・円株
午前２時台	〔ロマンチックコンサート〕　▶曲目リスト(過去1週間分)
	ヴィンテージ・ポップス：ライオネル・リッチー集
	オール・ナイト・ロング、永遠(トワ)の人に捧げる歌、
	セイ・ユー・セイ・ミー　ほか
	音の風景
	ニュース・円株
午前３時台	〔にっぽんの歌こころの歌〕　▶曲目リスト(過去1週間分)
	作家でつづる流行歌：平尾昌晃(作曲)作品集
	二人でお酒を、アメリカ橋、夜空　ほか
	歌・全国天気・気温
	ニュース・円株
午前４時台	〔明日へのことば〕アンコール
	原爆体験を世界に(2)広島被爆者　橋爪　文
	（H23．8．5放送）
	誕生花・一句・番組予告

問題1  02

問題1では、まず質問を聞いてください。それから話を聞いて、問題用紙の1から4の中から、最もよいものを一つ選んでください。

1番

1　用紙を2枚記入する。

2　用紙に記入して、遺失物センターに持っていく。

3　遺失物センターに行ってそこで用紙に記入する。

4　用紙に記入して、鉄道警察に持っていく。

2番

1　車で学校の近くのネットカフェに行く。

2　バスで駅前のネットカフェに行く。

3　バスで学校の近くのネットカフェに行く。

4　車で駅前のネットカフェに行く。

3番

1　レポートをポストに入れておく。

2　レポートを助手に頼んで先生に渡してもらう。

3　レポートを助手に頼んでポストに入れてもらう。

4　夕方に戻ってきて、そのときにレポートをポストに入れる。

4番

1　もっと探してから考える。

2　オリエントホテルに就職する。

3　事務機の会社に就職する。

4　他の内定をもらう。

5番
<ruby>ばん<rt></rt></ruby>

ア

イ

ウ

エ

オ

1　ウ、　イ、　エ

2　ウ、　エ、　イ

3　ア、　イ、　エ

4　イ、　エ、　ア

問題2 ◎ 03

問題2では、まず質問を聞いてください。そのあと、問題用紙のせんたくしを読んでください。読む時間があります。それから話を聞いて、問題用紙の1から4の中から、最もよいものを一つ選んでください。

1番

1　デザイン
2　安全設計
3　値段
4　馬力

2番

1 ドアに不良箇所があって使いにくいこと

2 買うときに、どこに問題があるか説明しなかったこと

3 買うときに自分がよく見なかったこと

4 無料で修理してくれないこと

3番

1 人間関係で悩んでいるから

2 お客さんと話すのがつらいから

3 この会社で出世したくないから

4 もっと自分に向いている仕事がしたいから

4番

1　２５センチ

2　２５.５センチ

3　２６センチ

4　２６.５センチ

5番

1　安_{やす}いしアトラクションが面_{おもしろ}白いから

2　交_{こうつう}通の便_{べん}がいいから

3　安_{やす}いし交_{こうつう}通の便_{べん}もいいから

4　アトラクションはつまらないけど交_{こうつう}通の便_{べん}はいいから

6番
（ばん）

1 残業があるから
（ざんぎょう）

2 明日までにやらないといけないことがあるから
（あした）

3 男の人は女の人に会いたくないから
（おとこ）（ひと）（おんな）（ひと）（あ）

4 会社で書類を作るから
（かいしゃ）（しょるい）（つく）

問題3 ◎ 04

問題3では、問題用紙に何もいんさつされていません。この問題は、全体としてどんな内容かを聞く問題です。話の前に質問はありません。まず話を聞いてください。それから、質問とせんたくしを聞いて、1から4の中から、最もよいものを一つ選んでください。

― メ モ ―

1番

2番

3番

4番

5番

問題4 ◎ 05

問題4では、問題用紙に何もいんさつされていません。まず文を聞いてください。それから、それに対する返事を聞いて、1から3の中から、最もよいものを一つ選んでください。

―メモ―

1番

2番

3番

4番

5番

6番

7番

8番

9番

10番

11番

問題5 ◎ 06

問題5では、長めの話を聞きます。この問題には練習はありません。

メモをとってもかまいません。

【1番、2番】

問題用紙に何もいんさつされていません。まず話を聞いてください。それから、質問とせんたくしを聞いて、1から4の中から、最もよいものを一つ選んでください。

―メモ―

1番

2番

【3番】
ばん

まず話を聞いてください。それから、二つの質問を聞いて、それぞれ問題用紙の1
から4の中から、最もよいものを一つ選んでください。

3番
ばん

質問1
しつもん

1 普通の粉末洗剤
ふつう ふんまつせんざい

2 おしゃれ着用洗剤
ぎようせんざい

3 柔軟剤入り洗剤
じゅうなんざいい せんざい

4 中性洗剤
ちゅうせいせんざい

質問2
しつもん

1 普通の粉末洗剤
ふつう ふんまつせんざい

2 おしゃれ着用洗剤
ぎようせんざい

3 柔軟剤入り洗剤
じゅうなんざいい せんざい

4 中性洗剤
ちゅうせいせんざい

第 回

言語知識（文字・語彙・文法）・読解
|

聴解
|

言語知識（文字・語彙・文法）・読解

限時 105 分鐘	作答開始：_____ 點 _____ 分　作答結束：_____ 點 _____ 分

問題 1 ＿＿＿＿ の言葉の読み方として最もよいものを、1・2・3・4から一つ選びなさい。

1 仏様を拝む。

  1　かがむ　　　　2　ひがむ　　　　3　おがむ　　　　4　からむ

2 ゆっくり休んで、体力を補う。

  1　まかなう　　　2　おぎなう　　　3　うたがう　　　4　とまどう

3 契約の件で顧客と揉めた。

  1　もめた　　　　2　とめた　　　　3　やめた　　　　4　ほめた

4 仕事を承りました。

  1　とり　　　　　2　おり　　　　　3　かわり　　　　4　うけたまわり

5 点検を怠ると事故になる。

  1　おこたる　　　2　おこる　　　　3　なまる　　　　4　さぼる

問題2 _____ の言葉を漢字で書くとき、最もよいものを、1・2・3・4から一つ選びなさい。

6 こどもが<u>あやまって</u>飲み込んだりしないように注意してください。

  1　誤って   2　過って   3　謝って   4　綾間って

7 <u>いま</u>でテレビを見ています。

  1　今   2　居間   3　位間   4　異間

8 彼らと優勝を<u>きそって</u>戦う。

  1　争って   2　競って   3　待って   4　以って

9 <u>いじわる</u>をしないでください。

  1　悪戯   2　維持悪   3　意地悪   4　異字割

10 <u>いちおう</u>確認をしておきます。

  1　一央   2　一様   3　一用   4　一応

問題3 （　　　　）に入れるのに最もよいものを、1・2・3・4から一つ選びなさ
い。

11 最近は健康（　　　　）で不安があります。

　　1 点　　　　　2 線　　　　　3 面　　　　　4 体

12 連勝で快進（　　　　）だ。

　　1 攻　　　　　2 撃　　　　　3 築　　　　　4 入

13 この件はわが社にとって（　　　　）名誉だ。

　　1 非　　　　　2 不　　　　　3 違　　　　　4 反

14 問題を起こした（　　　　）本人が知らん顔をしている。

　　1 超　　　　　2 長　　　　　3 釣　　　　　4 張

15 容疑（　　　　）を逮捕した。

　　1 人　　　　　2 者　　　　　3 生　　　　　4 漢

問題 4 （　　　　）に入れるのに最もよいものを、1・2・3・4から一つ選びなさい。

16 彼は愛人と（　　　　）密会している。
　　1　おめおめ　　　　2　のこのこ　　　　3　こそこそ　　　　4　うろうろ

17 内装は（　　　）と飾りすぎると逆効果だ。
　　1　あちこち　　　　2　ごてごて　　　　3　ちまちま　　　　4　こそこそ

18 キミは新人を（　　　　）して欲しい。
　　1　スポイル　　　　2　ゲット　　　　　3　サポート　　　　4　リスペクト

19 お客さんに料理を（　　　　）。
　　1　ふるまった　　　2　きわまった　　　3　ふるった　　　　4　かかわった

20 彼女の（　　　　）で、危機を脱した。
　　1　気転　　　　　　2　停滞　　　　　　3　自慢　　　　　　4　使命

21 個人的な（　　　　）で欠席する。
　　1　稼業　　　　　　2　方法　　　　　　3　志向　　　　　　4　都合

22 彼は奥さんに暴力を（　　　　）。
　　1　ふるった　　　　2　ふるまった　　　3　たまわった　　　4　あたえた

問題 5 _____ の言葉に意味が最も近いものを、1・2・3・4から一つ選びなさい。

23 彼は酒乱で、酒が入ると<u>あばれる</u>。

1 眠る　　　　　2 悪口を言う　　　3 声が大きい　　　4 暴力を使う

24 彼は酒を飲むと<u>からんでくる</u>。

1 おしゃべりする　2 泣き始める　　　3 笑い始める　　　4 文句を言う

25 彼女は<u>腹黒い</u>。

1 陰険だ　　　　　2 聡明だ　　　　　3 潔白だ　　　　　4 有罪だ

26 「<u>ごぶさたしております。</u>」

1 初めまして　　　2 お久しぶりです　3 ごめんなさい　　4 どうもありがとう

27 彼女は<u>そそっかしい</u>。

1 信用できない　　2 疑いがある　　　3 危ない　　　　　4 あわて者だ

問題6　次の言葉の使い方として最もよいものを、1・2・3・4から一つ選びなさい。

28　にじむ

1　雨が降ったあと空がにじんでいる。

2　新しい仕事ににじんできた。

3　包帯から血がにじんできた。

4　少しにじんでから仕事をする。

29　発覚

1　英語は難しくないことが発覚した。

2　隠れていた泥棒が発覚した。

3　試験での不正行為が発覚した。

4　ニュートンは万有引力の法則を発覚した。

30　勘定

1　謝っているので勘定してあげてください。

2　食べた金額を勘定する。

3　彼女は勘定が鋭い。

4　よく勘定してから返答する。

31　趣味

1　彼女の服装は趣味が悪いと思う。

2　この絵はなかなか趣味があって面白い。

3　私は手芸に趣味がある。

4　料理の好みは趣味によってちがう。

32　面識

1　入社試験には面識も含まれる。

2　よく事実を面識して欲しい。

3　私は美女としか面識しない。

4　私と彼とは面識がない。

問題7　次の文の（　　　　）に入れるのに最もよいものを、1・2・3・4から一つ選
　　　　びなさい。

33　トイレが汚いので（　　　　）なった。
　　1　行かない　　　　2　行かないで　　　3　行きたくない　　4　行きたくなく

34　発言の自由は法律で保証（　　　　）、実際には好き勝手なことを言ってはいけな
　　い。
　　1　させられているが　　　　　　　　　2　されていないが
　　3　されてはいるが　　　　　　　　　　4　されてはならないが

35　彼女は男を（　　　　）。
　　1　嫌われている　　　2　嫌いだ　　　　3　嫌っている　　　　4　嫌だ

36　彼女は大げさなので、騒ぐたびに（　　　　）と不安になる。
　　1　何かあったのではないか　　　　　　2　何もなかったのだろう
　　3　何もない　　　　　　　　　　　　　4　何かある

37　彼女は女（　　　　）、茶道や華道を習うことにした。
　　1　のそうに　　　　2　みたいに　　　3　のように　　　4　らしく

38　能は、観阿弥と世阿弥が完成（　　　　）。
　　1　したい　　　　2　させた　　　　3　された　　　　4　させられた

39　流行病があっという間に（　　　　）。
　　1　広がった　　　　2　広くなった　　　3　広げられた　　　4　広くした

40　環境問題について、深く（　　　　）。
　　1　考えさせた　　　2　考えられた　　　3　考えさせられた　　4　考えられさせた

41　私の意味は反抗しろと（　　　　）、自分の頭で考えろということだ。
　　1　言うばかりでなく　　　　　　　　　2　言っているのであって
　　3　言っているだけで　　　　　　　　　4　言っているのではなく

42 彼は、人のことばかりえらそうに説教（　　　　）、自分は全然なっていない。

1　するからには　　2　したくて　　　3　してもなお　　　4　するくせに

43 A「彼を待っているんですか？」

B「ええ、（　　　　）帰ってこないんです。」

1　行ったので　　　2　行って来て　　3　行かないで　　　4　行ったまま

44 （　　　　）ので、後悔はしない。

1　やらなかった　　　　　　　　2　やることはやった

3　やるからな　　　　　　　　　4　やってみたくない

問題8　次の文の＿＿★＿＿に入る最もよいものを、1・2・3・4から一つ選びなさい。

（問題例）

中国で ＿＿★＿＿ ＿＿＿＿ ＿＿＿＿ ＿＿＿＿ 存在しない。

　　　1　見られる　　　2　牛肉麺は　　　3　一般的に　　　4　日本の中華料理には

（解答のしかた）

1. 正しい文はこうです。

中国で ＿＿★＿＿ ＿＿＿＿ ＿＿＿＿ ＿＿＿＿ 存在しない。
　　3一般的に　1見られる　2牛肉麺は　4日本の中華料理には

2. ＿＿★＿＿ に入る番号を解答用紙にマークします。

（解答用紙）　　| （例）
れい | ① ② ● ④ |

45　歌舞伎 ＿＿＿＿ ＿＿＿＿ ＿＿＿＿ ＿＿★＿ です。

　　　1　ひとつ　　　　　2　日本の　　　　　3　と言えば　　　　4　伝統芸能の

46　すべての ＿＿＿＿ ＿＿★＿ ＿＿＿＿ ＿＿＿＿ のようだ。

　　　1　思い出が　　　　2　昨日の　　　　　3　こと　　　　　　4　まるで

47　ひとつの ＿＿＿＿ ＿＿＿＿ ＿＿★＿ ＿＿＿＿ ちがって見える。

　　　1　見方　　　　　　2　現象は　　　　　3　色々と　　　　　4　によって

48　いつものように ＿＿＿＿ ＿＿★＿ ＿＿＿＿ ＿＿＿＿ キーボードにこぼしてしまった。

　　　1　飲みながら　　　2　していたら　　　3　ジュースを　　　4　ネットサーフィンを

49　嗜好品 ＿＿★＿ ＿＿＿＿ ＿＿＿＿ ＿＿＿＿ 吸わないほうがいい。

　　　1　健康面を　　　　2　タバコは　　　　3　ではあるが　　　4　考えると

問題9　次の文章を読んで、文章全体の内容を考えて、　50　から　54　の中に入る最
　　　　もよいものを、1・2・3・4から一つ選びなさい。

　　この仕事をしていると、相談相手から「あなたには私の気持ちがわからないか
ら、そんな　50　なことが言えるんです。」と面と向かって言われることもある。
　　そんな時に私は、怒るだろうか。いや、こういう。
　　「そうです。わかる　51-a　ありません。完全にわかって　51-b　、あなたと同じ気
持ちになるだけです。それだったらあなたに同情することはできても、ちがう立場
から助言することはできません。」と。
　　彼にとっては、同情してもらえる相手が何人いても、何の助けにもならない。
　　一緒に悲しみ、もっと落ち込むしかない。
　　自分が考えても見なかった　52-a　や　52-b　から　52-c　をもらうから立ち直れる
のである。完全に相談者と同じ気持ちになってしまったら、悩みが拡大するだけ
で事は解決しない。
　　53　、車椅子に乗っている人を見たら、彼の苦労を知るためにあなたも車椅
子に乗ってみることが必要だろうか？
　　54　、健康者の立場から彼の車椅子を押してやったほうがはるかに彼のため
になるのである。
　　人は所詮、他人を理解できないからこそ助け合えるのだ。

　　　　　　　　　　　　　　　（瀬良秘須人「カウンセリングのために」健旺社出版より）

50

1 気重　　　　　2 気軽　　　　　3 気楽　　　　　4 気長

51

1 a つもり　　／　b いないと

2 a 人は　　　／　b くれたら

3 a ことは　　／　b あげても

4 a はず　　　／　b しまったら

52

1 a 人　　　／　b 事　　　／　c 収入

2 a 立場　　／　b 心境　　／　c 助言

3 a 場面　　／　b 状況　　／　c 展開

4 a 契機　　／　b 動機　　／　c 行動

53

1 同じように　　　2 そのためには　　3 であるから　　　4 それはそれとして

54

1 であるからといって　　　　　　　　2 そういうわけだから

3 かならずしもそうではないが　　　　4 そんなことをするくらいなら

問題 10　次の (1) から (5) の文章を読んで、後の問いに対する答えとして最もよいも のを、1・2・3・4から一つ選びなさい。

（1）　インスタント食品やファーストフードばっかり食べている子供は切れやすくなるとよく言われる。逆に、お母さんがしっかりいて、手料理を作っている家の子供は悪くならないと思う。

　ある時一人暮らしの私の下宿に、知り合いの主婦が余った料理を分けてくれた。

　その時、なんだか母親の愛情を分けてもらった気がした。なんだか、子供に対する愛情や願いがこもっていて、おいしいだけでなくとても安心したからだ。

　それを作った母親の、無言の思いがそこにはあった。

　食事はただ栄養を与えるだけではない。それは母と子の会話でもある。

　母親が愛情をこめた食事を子供に与えている限り、その思いは子に伝わる。

（京郁夫「生活の中の教育」育英出版より）

55　母親の手料理を食べる子供は悪くならないというのはなぜか。

　1　ファーストフードよりおいしいから。

　2　手間がかかる分お金がかからないから。

　3　食事の時子供と会話するから。

　4　料理に愛情があるから。

（2） 大昔の地球は今より重力が軽かった、と言う説があります。

　恐竜の体の大きさを今の地球に当てはめた場合、歩くどころか立つことすらできないと言うのがその根拠のようです。

　真偽はわかりませんが、ありうると思います。

　事実として認められてるだけでも、酸素濃度は今の1.5倍あったそうだし、地球の磁極も何度もS極とN極が入れ替わっているなど、さまざまな環境の変化があるからです。なので、恐竜も今とまったく同じ環境下を前提にすると、わからないことやまちがいがたくさん出てくるのです。

（宇則才蔵「地球摩訶不思議」育英社より）

56 この文からわかる事は何か。

　　1　恐竜は存在しなかった可能性がある。

　　2　地球環境が現代と違う可能性はある。

　　3　地球重力が変動した可能性は一切ない。

　　4　地球が変動したから恐竜が絶滅した。

（3）　雨の日は、嫌いだ。

　いまだに傘なんて原始的な道具を使わないといけないのが理解できない。

　これはもう、何千年もまったく進化していない道具の一つではないだろうか。

　水を防ぐと言う機能からするときわめて不完全である。

　だけど、家にいれば雨も風情と感じるときもある。

　特に、雨だれが金属製の物干し竿に当たって「カン、カン」と音がするとき、

　「ああ、外は雨なんだな。でも家の中にいれば濡れることはない。」とちょっぴり幸せな気分になれる。

（武田泰順「つれづれなるままに」音江社より）

57　筆者が家にいると雨が風情と感じるのはなぜか。

1　雨に濡れなくてすむから。

2　傘をさすことが嫌いだから。

3　雨の音が好きだから。

4　家にいることが好きだから。

（4）　私が下宿しているアパートの近くに公園があります。公園に行ったら、多くのお母さんたちが集まって子供を遊ばせていました。楽しそうなので毎日通っていたら、どうもそう簡単ではないようです。ベンチに座るお母さんたちの位置は毎回決まっていて、地位や力によるようです。力のあるお母さんの子供はブランコなんかにも長く乗っていて、ないお母さんの子供はなかなか乗せてもらえません。お母さんが新しく子供を連れてそのなかまに入ることを「公園デビュー」と言うそうです。日本の社会は複雑だなあと感じました。

(あるイラン人の日本語学校の作文より)

58　筆者はどうして日本の公園を見て「複雑」と感じたのか。

1　みんながより便利に使うため、いろいろな工夫をしているから。

2　多くの奥さんがいろいろちがった目的で公園に来ているから。

3　いろいろな職業の人が公園に集まっているから。

4　公園なのに見えない規則があって自由じゃないから。

（5）テレビのある企画で、食用にスッポンを捉まえました。それに「ポンちゃん」と名前をつけて呼んでいたら愛着が沸いて食べられなくなり、最後は川に戻してあげました。このように「名前をつける」と言う事は「他のスッポンと差別化する」と言うこと。そうなると、食べることなんてできなくなってしまうのです。

　同じように、人は子供に名前をつけることで他の子と差別化して愛情がわくのです。友達の名前を覚えるのも同じです。

（生江蛙「名前の持つ力」文慶社より）

59 名前を知る前と知った後で変わる事は何か。

　1　その人を名前で呼ぶようになる。

　2　お互いに知り合いとなる。

　3　その人を他人と分けて見る。

　4　その人のことがよくわかる。

問題 11　次の (1) から (3) の文章を読んで、後の問いに対する答えとして最もよいものを、1・2・3・4から一つ選びなさい。

(1)　私の周りには予算ギリギリ、あるいは採算無視の赤字覚悟で店をやり続けている人がたくさんいる。

　理由を聞くとみな「食べてるお客さんが喜ぶ顔が見たいから」と言う。これは①単なる美談ではない。

　多くの人にとって、仕事の最大のごほうびはお金である。これほど重労働なのにお金も儲からず、いったい何が楽しいんだと思うだろう。

　「お客の喜ぶ顔」と言うのは、言い換えれば「お客からの賞賛」である。

　画家が自分の作品を賞賛されればこの上ない至福である。人によってはお金よりも「自分の絵画を理解してくれる」ことを最優先し、高値を付けられても非理解者には絵を売らない頑固者もたくさんいる。それらの人にとっては「絵を理解してもらえる」ことが「お金をたくさんもらえる」ことよりも重要なのだ。

　私たちもまったく同じ。料理を理解してくれるなら、お金なんて二の次。

　「こんなに安い値段で、こんなにおいしくできるなんて！」と言う賞賛。それこそ私たちの知恵と技術の結晶。「どうだ、すごいだろう！」と自慢したいのだ。

　「ここにはかつて、安くてうまい料理屋があった」と人々の記憶に残れば本望。

　その意味では、私たちは②芸術家気質なのだ。言葉を変えれば自己満足とも言える。

　賞賛は金では買えない。だからこその料理人なのだ。

（張利志「料理は芸術」味美堂出版より）

60 ①単なる美談の具体的内容とはどんなことか。

1　金も名誉も要らない。

2　名誉があれば、金は要らない。

3　金があれば、名誉はいらない。

4　お客さんさえよければ、自分はどうでもいい。

61 ②芸術家気質とはどんなことか。

1　いい作品を作るためには妥協しない。

2　芸術家のように頑固な性格を持っている。

3　芸術的な美しいものにあこがれる。

4　芸術家のように気難しい。

62 筆者の言いたい事は何か。

1　こんなに働いているんだから、もっとお金が欲しい。

2　満足を得たいわけだから、無欲でやっているわけではない。

3　芸術家として私たちを評価してもらいたい。

4　重労働なのでもっと楽な仕事がしたい。

（2）　最近、「景気が悪いから」とばかり言っている声をよく聞く。

　景気が悪いから生活がよくならないのだそうだ。しかし、そういっている人は景気さえよければ40〜50年前の生活でも満足できるのだろうか。

　当時は金持ちの家でもカラーテレビが見られれば上等で、一度見逃したらもう見ることはできない。渋滞に巻き込まれても携帯電話で連絡することすらできない。ちょっと何かを買いたいと思ってもコンビニもないし店が開いている時間も短い。食べ物も今のように豊富ではない。しかもこれほど不便なのに公害は今よりもっとひどい。

　どうだろう？今の生活に慣れている人たちで、景気が良くお金がどんどん入ってくるとしても、①そんなところで生活したいと思う人がいるだろうか。

　景気が悪いと言っても世の中はどんどん進歩していくのだ。景気のせいばかりにして生活の向上を喜ぶことができないのでは、仕事をしてもむなしいだけだ。

　景気が良かろうが悪かろうが、今の生活が一番便利に改良されたものであることは②ゆるぎない事実なのだ。

　私たちは生活の向上を喜び感謝しつつ、更なる次世代の人たちのために、元気よく働かなくてはならない。

（松永幸之助「商売とは」経済振興社より）

63 ①そんなところとはどういう心境で言っているか。

1 景気がよかったあの頃は素晴らしい。

2 不便ではあったがいい時代だった。

3 当時の人がいたから今の時代がある。

4 今と比べればまったくひどい時代だ。

64 ②ゆるぎない事実とはどのことを指して言っているか。

1 世の中の快適度は景気に左右される。

2 勤労の精神がなければ経済は発展しない。

3 不景気でも現在の生活が一番快適だ。

4 産業開発には公害がつき物だ。

65 筆者の論点は何か。

1 以前の人は不便でかわいそうだ。

2 不景気でも今の時代は恵まれている。

3 景気が悪い時代に育った人たちは運が悪い。

4 働かない人は、便利な生活を楽しむ資格はない。

（3）　現代のように、先生と生徒の間に金銭関係が生じる方式はよくないと思う。

　　本来ならば、学習に際して学費と言う制限を設けるべきではない。

　　しかし現代ではそれが常識なので、無料だと生徒が本気で学ばない。

　　これはよくないことだ。「どうせただだから、マジメに習わなくても損はしない」そんな風に考えるなら、もう①最初から学ぶ資格はない。

　　本来、「何かを学習する」と言う事は自分だけの問題ではない。ダンスや絵や料理などと言った個人的趣味の場合でも、一人で完結するわけではない。人前で踊ったり楽器を演奏したり、あるいはおいしい料理を作ったりして人を喜ばせる……それらは有益な社会活動であり、個人的満足では終わらないからだ。

　　なので「何かを学びたい」と言う気持ちはすでに、社会奉仕の種となるのだ。

　　そこに学費と言う制限を設ける事は、②社会に還元されるべき優良な人材の発掘を減らすことになる。医療もまったく同じ。社会奉仕するべき人材に医療費と言う制限を設ける事は、貴重な人材を捨てることになる。

　　ゆえに、学費や医療費は国が全面負担するべきである。また、それを受ける側も社会に還元する覚悟が必要だ。治療や学習の資格は金銭で決めるべきではない。社会奉仕の意志で決めるべきである。

　　私たちは人材の開発と社会奉仕について、もっと真摯に考えなければならない。

（一文銭隼人「未来のあるべき社会」宇園出版より）

66 ①最初から学ぶ資格はないというのはどうしてか。

1 学費を払う気がないから。

2 学ぶ気持ちと金銭利益は無関係だから。

3 学ぶ資格とは学費を払って得られるものだから。

4 本当に学びたい人は学費がただでもまじめにやるから。

67 ②社会に還元されるべき優良な人材の発掘を減らすということは具体的に何を指しているか。

1 学費を払えない人は学べない。

2 学費がないことで学ぶ気持ちをなくす。

3 学費が安いと教師がやる気をなくす。

4 学費を払うことで生徒の家が貧乏になる。

68 筆者の言いたい論点と違うものは何か。

1 学習も医療も個人だけの利益では終わらない。

2 各個人の才能の開発は社会福祉でもある。

3 治療や学習の資格を金銭で決めるのはおかしい。

4 教師や医者はお金をもらうべきではない。

問題 12 次のＡとＢはそれぞれ、仕事とプライベートのどちらを優先すべきかについての意見である。二つの文章を読んで、後の問いに対する答えとして最もよいものを、1・2・3・4から一つ選びなさい。

A

質問自体がくだらなすぎる。仕事優先以外に答えがあるのだろうか。

プライベートを楽しめるのは、仕事によって給料がもらえるからだ。

だったら、どちらかを選べと言われたら仕事を優先するのが当然と言えよう。

以前の時代だったら、それが当り前だった。わざわざ聞くことではない。

今の若い人はそうキチンと教育しないと、すぐデートや買い物を理由に仕事を抜け出そうとして困る。

仕事や会社のためには、まず自分の生活から切り捨て犠牲にするくらいの覚悟がなければ、採用された会社で終生勤め上げることなど到底出来ない。

楽しみばかりを求めてその合間に仕事するようでは、日本経済の将来は嘆かわしい。

（発言者：昭和生まれの課長）

B

どちらが優先と言うより、状況により分けなければいけないと思います。

仕事を断って私生活の楽しみを優先していい場合と、それを許されない場合があると思います。例えば、医者が患者の容態が急変したと言う知らせを受けた場合、仕事を優先する事は命に関わることなので当然だと思います。消防士さんなんかもそうですよね。しかしこれが、単なる仕事仲間と飲み会とか（これも仕事のうち）、接待ゴルフとかの場合だったら行かなくても構わないと思います。

特に接待ゴルフなんか本当にゴルフが好きな人が行って、勝ち負けにこだわらず（勝ちは相手に譲らなければならないし）楽しく遊んだ方が相手も満足すると思います。

プライベートを犠牲にしてイヤイヤ行っても、お互いに利はないと思います。

（発言者：あるOL）

69 Bの意見を要約すると、あてはまるのはどれか。

1 仕事よりもプライベートを基本的に優先して構わない。

2 まず仕事を優先し、それがない時に私生活の楽しみを追求すべき。

3 許される状況であるならば、プライベート優先でもいいと思う。

4 休日ならプライベート、それ以外なら仕事と分けるのが当然だと思う。

70 AとBで共通する認識はどれか。

1 プライベートを優先してはいけない状況がある。

2 プライベートを優先することは基本的に許されない。

3 状況によっては仕事優先でなくてもいい場合もある。

4 仕事を真剣にしなければ給料をもらう資格はない。

問題 13 次の文章を読んで、後の問いに対する答えとして最もよいものを、1・2・3・4から一つ選びなさい。

毎日が退屈だとか、生きていていいことがなにもないと思っている人はいませんか？

そんな時は旅行に行きましょう。

人生がつまらなく感じるのは、①人生がつまらないのではなくあなたの感性が麻痺しているからなのです。

「人生が退屈」「もう生きるのがイヤ」そんな風に言っている人がいますが、本当はただ飽きて疲れているだけなのです。

最初には新鮮に見えた光景も、慣れると何も感じられなくなります。だけど、本当にそんなによく知っているのでしょうか？

よく知っているはずの街で、どこに何がありどうなっているのか詳しく地図のように覚えている人はほとんどいないはずです。慣れて「知ってるつもり」になってよく見なくなるからです。

だから、知っているはずの街には注意して見なかった家とか店とか会社とかが山のようにあるのです。見慣れていても実はよく知らない場所とか、よく見るけど入ったこともない店なんかが増えるのです。

ところが、これが旅行だとどうでしょう？

「せっかくだから」と思って日頃あまり興味を示さないものにも興味を持ったり、いつもは入らない店にも気軽に入ったりします。

②そんな気持ちが、思ってもみなかった新しい世界にあなたをいざない、知らない人や知らない物との縁をつないでくれるのです。それらは、あなたに楽しい思い出をもたらします。

しかしその反面、旅行とは楽しいばかりではありません。

知らない食べ物を食べて病気になるかもしれない、不注意だと事故に遭うかもしれない、財布を落としたり誰かに騙されるかもしれない、そんな危険が伴うのが旅行です。だから、旅行に出ると注意深くなる反面、感性が鋭くなって新鮮な驚きが増えるのです。いわば静かなサバイバルゲーム。

こうして旅行を満喫し、その気持を保ったまま見慣れたはずの日常に帰ってみましょう。

するとそこには、あなたが今まで見過ごしてきた新鮮な事物で満たされていることに驚くでしょう。また当り前だと思っていた平穏な日常も、決して偶然ではなかったと感謝することもできます。そうなると当り前と思っていた日常ももはや退屈なものではなくなります。

　ほんのわずかの変化によって毎日がより楽しいものに感じられ、新しい気持で生活を再開することができるのです。

　これが旅行の効果なのです。

（南斗優香「旅行のススメ」宇敬書房より）

71　①人生がつまらないのではなくあなたの感性が麻痺しているからと言うのはどういう意味か。

1　人生は平凡な事だらけだから退屈に感じる。

2　人生はつらいことが多いから疲れてくると感動がなくなる。

3　知っているつもりでよく見ようとしないから退屈に感じる。

4　人生は面白いことがたくさん起きているのだがすぐ忘れてしまう。

72　②そんな気持ちと言うのはどんな心境か。

1　好奇心を広げてみる気持ち。

2　警戒心を強くする気持ち。

3　出費を楽しむ気持ち。

4　お土産を買う気持ち。

73　筆者の言いたい結論と一番近いものはどれか。

1　旅行を楽しむ気持ちが人生を楽しくする。

2　人生が順調でないと旅行をしても退屈に感じる。

3　旅行は楽しいばかりでなく危険なこともある。

4　旅行の気持ちで日常生活を見ると新鮮で楽しい。

問題 14 次は、「平田市」にあるマンガミュージアムの利用案内である。下の問いに対する答えとして最もよいものを、1・2・3・4から選びなさい。

74 中学校障害児クラスの生徒30人が木曜日の午後5時に入場する場合、利用料金は1人いくらか。

1 240円

2 200円

3 100円

4 40円

75 貸し出しカードでマンガ本を借りることができるか。

1 借りることはできない。

2 5冊まで借りることができる。

3 6冊まで借りることができる。

4 10冊まで借りることができる。

平田市マンガミュージアム

【開館時間】
午前10時〜午後6時（最終入館時刻：午後5時30分）

【休館日】
毎週水曜日（休祝日の場合は翌日）、年末年始、メンテナンス期間

※休館日、開館時間は予告なく変更する場合がございますので、予めお問合せください。

≫ 年間スケジュールはこちら

【利用料金】
■ミュージアム入場料

	大人	中高生	小学生
個人の料金	800円	300円	100円
団体割引料金（20名以上）	640円	240円	80円

※割引の併用は適用できません。

　適用可能な割引が2つ以上ある場合は、割引の一番大きいものが適用されます。

※小学生未満は入場無料です。

※お子様（小学生以下）のみのご入場は、ご遠慮いただいております。

　必ず保護者の方との同伴にてご入場ください。

※特別展の観覧には別途、特別展観覧料が必要となります。

　詳細は特別展の案内ページにてご確認ください。

【特別展・常設展示 共通案内】
■当日に限り再入場できます。（ただし、有料特別展は再入場できません）

■障害者の方は通常利用料金から200円を割引いたします。

■下記の時間帯は特別時間帯割引として通常利用料金から100円を割引いたします。

①平日の午後5時30分〜午後6時

②土曜日と日曜日の午後5時〜午後6時

③祝日の午前10時30分〜午後6時

【貸し出しについて】

■貸し出しカードで、書籍、DVD合計10点まで貸し出しができます。

　ただし、書籍、DVDはそれぞれ最大5点までとなっています。

■マイクロフィルム、サウンドトラック音源については、貸し出しを行っておりません。

問題1　◎ 07

問題1では、まず質問を聞いてください。それから話を聞いて、問題用紙の1から4の中から、最もよいものを一つ選んでください。

1番

1　五章から八章までをまとめて２５日までに出す。

2　一章から十二章までをまとめて２５日までに出す。

3　五章から八章までをまとめて２４日までに出す。

4　六章から八章までをまとめて２４日までに出す。

2番

1　3日

2　6日

3　9日

4　1ヶ月

3番

1 子供用の商品だけ置く。

2 子供用のとお年寄り用の商品を一緒に置く。

3 三世代のものを、場所を分けて置く。

4 三世代のものを、一緒に置く。

4番

1 前の冷蔵庫があったところ

2 台所の隅

3 流し台のそば

4 ごみ置き場

5番

ア

イ

ウ

エ

オ

1　ウ、エ、イ、オ

2　ア、エ、ウ、オ

3　エ、ウ、ア、オ

4　ウ、ア、オ、エ

問題2 ◎ 08

問題2では、まず質問を聞いてください。そのあと、問題用紙のせんたくしを読んでください。読む時間があります。それから話を聞いて、問題用紙の1から4の中から、最もよいものを一つ選んでください。

1番

1　この仕事に向いていないから

2　安定した公務員になりたいから

3　もう一度大学で真面目に勉強したいから

4　会社にとって役に立たない人間だから

2番
<ruby>番<rt>ばん</rt></ruby>

1　ソフトをインストールして<ruby>無料通話<rt>むりょうつうわ</rt></ruby>ができるから

2　インターネットを<ruby>使<rt>つか</rt></ruby>うとお<ruby>金<rt>かね</rt></ruby>がかかるから

3　Skyapeで<ruby>通話<rt>つうわ</rt></ruby>がしたいから

4　<ruby>外<rt>そと</rt></ruby>でよくインターネットを<ruby>使<rt>つか</rt></ruby>うから

3番
<ruby>番<rt>ばん</rt></ruby>

1　<ruby>午後<rt>ごご</rt></ruby>7<ruby>時半以降<rt>じはんいこう</rt></ruby>は<ruby>使<rt>つか</rt></ruby>えないタイプ

2　<ruby>週末<rt>しゅうまつ</rt></ruby>しか<ruby>使<rt>つか</rt></ruby>えないタイプ

3　<ruby>午前中<rt>ごぜんちゅう</rt></ruby>しか<ruby>使<rt>つか</rt></ruby>えないタイプ

4　いつでも<ruby>使<rt>つか</rt></ruby>えるタイプ

4番

1　よく日が当たるから

2　お客さんが見るのにちょうどいいから

3　ご飯を食べながら見れるから

4　ソファーに座って見るのにちょうどいいから

5番

1　今晩

2　明日の夜

3　しあさっての夜

4　しあさっての次の日の夜

6番
<ruby>番<rt>ばん</rt></ruby>

1 　１７<ruby>日<rt>にち</rt></ruby>に<ruby>帰<rt>かえ</rt></ruby>ってくることを<ruby>考<rt>かんが</rt></ruby>えればちょうどいいから

2 　<ruby>朝<rt>あさ</rt></ruby>の<ruby>便<rt>びん</rt></ruby>に<ruby>乗<rt>の</rt></ruby>りたいから

3 　<ruby>朝<rt>あさ</rt></ruby>の<ruby>便<rt>びん</rt></ruby>には<ruby>乗<rt>の</rt></ruby>りたくないから

4 　１４<ruby>日<rt>か</rt></ruby>の<ruby>便<rt>びん</rt></ruby>が<ruby>空<rt>あ</rt></ruby>いていないから

問題3 ◎ 09

問題3では、問題用紙に何もいんさつされていません。この問題は、全体としてどんな内容かを聞く問題です。話の前に質問はありません。まず話を聞いてください。それから、質問とせんたくしを聞いて、1から4の中から、最もよいものを一つ選んでください。

―メモ―

1番

2番

3番

4番

5番

問題4 ◎ 10

問題4では、問題用紙に何もいんさつされていません。まず文を聞いてください。それから、それに対する返事を聞いて、1から3の中から、最もよいものを一つ選んでください。

―メモ―

1番　　　　　　　　7番

2番　　　　　　　　8番

3番　　　　　　　　9番

4番　　　　　　　　10番

5番　　　　　　　　11番

6番

問題5 ◎ 11

問題5では、長めの話を聞きます。この問題には練習はありません。

メモをとってもかまいません。

【1番、2番】

問題用紙に何もいんさつされていません。まず話を聞いてください。それから、質問とせんたくしを聞いて、1から4の中から、最もよいものを一つ選んでください。

―メモ―

1番

2番

【3番】

まず話を聞いてください。それから、二つの質問を聞いて、それぞれ問題用紙の1から4の中から、最もよいものを一つ選んでください。

3番

質問1

1　ブリッジ

2　入れ歯

3　インプラント

4　治療しない

質問2

1　2万円ぐらい

2　7万円ぐらい

3　15万円ぐらい

4　30万円ぐらい

第 ❸ 回

言語知識（文字・語彙・文法）・読解

|

聴解

|

言語知識（文字・語彙・文法）**・読解**

問題1 ＿＿＿＿＿ の言葉の読み方として最もよいものを、1・2・3・4から一つ選びなさい。

1　惜しいところでミスをした。
　　1　ほしい　　　　2　おしい　　　　3　くやしい　　　4　さびしい

2　ミスで勝ちを逃した。
　　1　ぬがした　　　2　のがした　　　3　ながした　　　4　おとした

3　空気の汚染がひどい。
　　1　おせん　　　　2　おぜん　　　　3　おらん　　　　4　うせん

4　横断歩道を渡る。
　　1　こうだん　　　2　そうだん　　　3　おうだん　　　4　ほうだん

5　あまりのひどさに目を覆った。
　　1　うたがった　　2　くつがえった　3　しゃべった　　4　おおった

問題 2 ＿＿＿＿ の言葉を漢字で書くとき、最もよいものを、1・2・3・4から一つ
選びなさい。

6 仇をうった。
1 売った 2 打った 3 討った 4 立った

7 彼は仲間をうった。
1 売った 2 打った 3 買った 4 舞った

8 みにくいアヒルの子は水面にうつった自分を見て驚いた。
1 移った 2 写った 3 遷った 4 映った

9 プレゼントをおくる。
1 送る 2 贈る 3 遅る 4 置くる

10 わが身をかえりみる。
1 帰り見る 2 返り見る 3 試みる 4 省みる

問題 3　（　　　）に入れるのに最もよいものを、1・2・3・4から一つ選びなさい。

11　彼らの行ないは（　　　）慈悲の一言だ。

1　未　　　　　　2　不　　　　　　3　非　　　　　　4　無

12　注意（　　　）をよく読んでください。

1　点　　　　　　2　線　　　　　　3　面　　　　　　4　体

13　できはいいが、この作品は（　　　）個性だと思う。

1　非　　　　　　2　不　　　　　　3　滅　　　　　　4　没

14　あの人は何か心配（　　　）がありそうです。

1　人　　　　　　2　者　　　　　　3　面　　　　　　4　事

15　彼女はとても（　　　）条理な目に遭った。

1　無　　　　　　2　没　　　　　　3　不　　　　　　4　滅

問題4 （　　　　）に入れるのに最もよいものを、1・2・3・4から一つ選びなさい。

16 この食堂は（　　　　）では有名だ。

 1 本地   2 地元   3 本拠地   4 食事

17 いきなり地震が来て（　　　　）してしまった。

 1 ごたごた   2 あたふた   3 うろうろ   4 おどおど

18 上司と言うことで、私が責任を（　　　　）。

 1 渡された   2 乗らされた   3 取らされた   4 負かされた

19 この商品は、主婦層が主な（　　　　）になっている。

 1 イメージ   2 アクセス   3 ターゲット   4 クライアント

20 （　　　　）を伸ばすために営業に励む。

 1 業務   2 収穫   3 売上   4 借金

21 乾燥肌で手が（　　　　）している。

 1 つるつる   2 しこしこ   3 がさがさ   4 ごそごそ

22 （　　　　）なデザインのネックレスを見つけた。

 1 無欠   2 流行   3 素直   4 素敵

問題 5 _____ の言葉に意味が最も近いものを、1・2・3・4から一つ選びなさい。

23 私はあの人とつきあっています。

　　1　交際して　　　　2　遊んで　　　　3　協力して　　　　4　結婚して

24 私は彼女を引きとめた。

　　1　説得した　　　　2　批判した　　　　3　呼出した　　　　4　残留させた

25 この人は心当たりがない。

　　1　知らない　　　　　　　　　　2　人間の心がない
　　3　容疑者ではない　　　　　　　4　意地が悪い

26 あの人にことづけを頼む。

　　1　買物　　　　　　2　伝言　　　　　3　仕事　　　　　4　処理

27 彼女は占いばかりをあてにしている。

　　1　趣味　　　　　　2　仕事　　　　　3　頼り　　　　　4　看板

問題6　次の言葉の使い方として最もよいものを、1・2・3・4から一つ選びなさい。

28　込める

1　会社に新しい社員を込めた。

2　カバンに本を込めた。

3　拳銃に弾を込めた。

4　プールに水を込めた。

29　気配

1　彼は周囲に気配をする。

2　人の気配がして振り向いた。

3　この店は気配がいい。

4　彼は気配が良くてよくおごってくれる。

30　苦情

1　失恋したので友達に苦情を話した。

2　相手にも苦情があるので、借金の返済を待ってあげた。

3　ステレオの音がうるさいと近所から苦情が来た。

4　ずいぶんと苦情があったが、なんとか克服した。

31　差別

1　私にはアメリカ英語とイギリス英語の差別がわからない。

2　私と彼の家は経済的にかなりの差別がある。

3　剣道の判定は差別が難しい。

4　白人は黒人を差別している。

32　厳重

1　厳重に警戒しているので、安心だ。

2　負傷の程度がかなり厳重だ。

3　ここでの喫煙は厳重だ。

4　厳重な荷物なのでていねいにあつかってほしい。

問題 7　次の文の（　　　　）に入れるのに最もよいものを、1・2・3・4から一つ選び
なさい。

33　早く成功して両親を（　　　　）。

1　安心して欲しい　　　　　　　　　2　安心してもらいたい

3　安心されて欲しい　　　　　　　　4　安心させてあげたい

34　努力した（　　　　）、痩せ始めた。

1　としても　　　2　かいあって　　　3　はずなので　　　4　からといって

35　ビデオで、（　　　　）を見たら、思ったよりヘタでガッカリした。

1　他の人が踊っているところ　　　　2　他の人に躍らせているところ

3　自分が踊っているところ　　　　　4　自分が踊っていないところ

36　馬場さんは（　　　　）まったくやろうとはしない。

1　やらないといわないし　　　　　　2　やるといっておきながら

3　やるとはいっていないのに　　　　4　やらないといったのに

37　あなたの人生をどう生きるかは、あなた（　　　　）だ。

1　次第　　　　　2　見る　　　　　3　ばかり　　　　4　掌握

38　キミは、（　　　　）を見てきてくれ。

1　開いてる席があるかどうか　　　　2　開かない席があるかどうか

3　これから席が開くところ　　　　　4　席を開けるどうか

39　どうせ（　　　　）運動してみたら、すぐに痩せる事ができた。

1　効果がないと思いつつ　　　　　　2　効果が出るか心配だったが

3　だいじょうぶに決まってると思い　4　効果を期待して

40　（　　　　）の最高の対策を思いついた。

1　考えできる　　　2　考えつくこと　　　3　考えうる限り　　　4　考えておける

41　たとえ彼女が真犯人（　　　　）、証拠がなければ逮捕はできない。

1　のはずはないので　　　　　　　　2　だとしても

3　であれば　　　　　　　　　　　　4　の場合は

42 彼にもやる気が（　　　　）。

　1　あるわけではない　　　　　　　　2　あるはずもない

　3　ないわけではない　　　　　　　　4　ないわけもある

43 私は急いでいるので、順番を（　　　　）。

　1　譲ってあげた　　2　譲ってもらった　　3　譲らせてあげた　　4　譲らせてもらった

44 これだけ練習をしていれば、負ける（　　　　）。

　1　こともある　　　　　　　　　　　2　かもしれない

　3　わけにはいかない　　　　　　　　4　わけはない

問題 8　次の文の　___★___　に入る最もよいものを、1・2・3・4から一つ選びなさい。

（問題例）

　　中国で　___★___　_____　_____　_____　存在しない。

　　　　　1　見られる　　2　牛肉麺は　　3　一般的に　　4　日本の中華料理には

（解答のしかた）

1. 正しい文はこうです。

　　中国で　___★___　_____　_____　_____　存在しない。
　　　　　　3一般的に　1見られる　2牛肉麺は　4日本の中華料理には

2.　___★___　に入る番号を解答用紙にマークします。

　　　　（解答用紙）　| （例）
れい | ① ② ● ④ |

45　昨日は　_____　_____　_____　___★___　部屋を掃除した。

　　　　1　隅まで　　　　　2　キレイに　　　3　隅から　　　　　4　ひまだったので

46　角を曲がると、そこは　_____　_____　___★___　_____　世界だった。

　　　　1　道ではなく　　　2　まったく別の　　3　いつも　　　　4　見慣れた

47　私が　_____　___★___　_____　_____　は行ってしまった。

　　　　1　したら　　　　　2　乗ろうと　　　3　エレベーター　　4　運悪く

48　法律に　_____　_____　_____　___★___　とは限らない。

　　　　1　ことが　　　　　　　　　　　2　悪いことではない
　　　　3　触れない　　　　　　　　　　4　すべて

49　これは　_____　_____　_____　___★___　あげるわけにはいかない。

　　　　1　もらった　　　　2　ものだから　　3　友達から　　　　4　人に

問題9 次の文章を読んで、文章全体の内容を考えて、 50 から 54 の中に入る最もよいものを、1・2・3・4から一つ選びなさい。

「スチュワーデス」を正式に言うと「客室乗務員」。

マジメくさって服務するものと思っている私たちですが、時代は変わっていくようです。

ところで飛行機に乗る時の「救命器具の 50 説明」、ちゃんと聞いていますか？

大抵の人は「 51-a 使わないだろう。その時にでもなってから聞いても 51-b 。」とでもいいたげに、新聞を読んだりおしゃべりをしたり、シカト(注)しているのが当たり前。

しかし、彼らはお客さまなのです。学校の先生が生徒を叱るように、頭ごなしに怒るわけにはいきません。

そこで、セブパシフィックでは斬新で大胆な方式を採用しました。ダンスミュージックをかけてスチュワーデスが踊りながら登場し使用法を説明する、と言う 52-a な 52-b 。その動画がYoutubeで評判となっています。

それを見るとまるでアイドルタレントのライブ 53 、若く綺麗なスチュワーデスが衆目の目を引き、拍手までもらっているのです。まさに乗客も得した気分。新手のサービスに大満足の様子。

これからは、「見てもらう」のではなく「 54 」ようにならないとお客さまには受け入れられなくなるでしょう。

冗談でなく「歌って踊れること」がスチュワーデスの条件になるかもしれないですね。

気になる人は、「Cebu Pacific FAs dancing」で、実際の動画を見てくださいね。

（ネットニュースより）

(注)シカト：「無視」と言う意味の俗語。

  1　服用　　　　　2　套用　　　　　3　借用　　　　　4　着用

  1　a　いつも　　／　　b　すぐわかる

  2　a　どうせ　　／　　b　おそくはない

  3　a　たまに　　／　　b　わからない

  4　a　こんど　　／　　b　かまわない

  1　a　奇特　　／　　b　発祥

  2　a　奇遇　　／　　b　発見

  3　a　奇抜　　／　　b　発想

  4　a　奇怪　　／　　b　発表

  1　さながらに　　　2　しがちに　　　3　らしく　　　4　らしからぬ

  1　見たくなくなる　　　　　　2　見てはいられない

  3　見たくもない　　　　　　　4　見たくさせる

問題 10 次の (1) から (5) の文章を読んで、後の問いに対する答えとして最もよい
ものを、1・2・3・4から一つ選びなさい。

(1) 不思議なもので、人間は格上とやるときよりも格下とやるときの方が強い。格下と
やるときを10くらいとすれば、格上とやるときには6くらいになってしまう。

　自分より格上とやる時にはつい力んでしまってうまくできなくなるからだ。それと、格
下とやる時には普通手加減する。手加減とは、相手を冷静によく見ていないとできな
い。これがさらにいい結果をもたらす。反対に、相手が格上だとつい冷静さを欠いて
相手の全体をよく見ることができなくなるのだ。

（田育学「スポーツに見る心理学」育英社より）

55 格上とやると実力が出ない原因は何だといっているか。

1　勝てないと思い込むから。

2　実力の差が大きすぎるから。

3　緊張してちぢこまるから。

4　格上は相手に力を出させない技術を持っているから。

（2）　腕立て伏せとか腹筋が何回できたという「体力テスト」で「自分はまだまだ若い」と安心して、ムチャな生活を続ける人がいます。

でもちょっと待ってください。

「運動をする力」と「病気から体を守る力」はまったく別なのです。

運動が上手でもすぐ病気をする人もいれば、運動が苦手でもほとんど病気をしない人もいます。

病気から体を守る「防衛体力」をつけるには、はげしい運動よりむしろゆるやかな運動の方が適しています。

ヨガとか太極拳、スロージョギングなどが適していると言われます。

（ウェブページ「みんなの健康」より転載）

56 筆者の論点は何か。

1　運動能力を上げれば健康になる。

2　健康になれば、運動能力も上がる。

3　防衛体力は運動では作ることが出来ない。

4　健康になるための運動と、力をつける運動は違う。

（3）　子供がゲームをしていると、ほとんどのお母さんはいい顔をしないでしょう。

しかし何事も悪い面だけではありません。

つらいことや恐いことに遭うと人は悪夢を見るようになります。よくゲームをする人は、悪夢を見たときにそれをコントロールしようとする傾向があるそうです。

ゲームはたいてい、主人公が困難に遭ってその障害を克服していく内容です。その擬似訓練をいつもやっているので、逆境もゲーム感覚で対処できるようです。ほどよくやれば、精神訓練にもなると言うわけです。

（飯田朗「悪いと思われているが役に立つもの」才文社より）

57　筆者は、ゲームの何がいいといっているか。

1　勉強の合間にやれば息抜きになる。

2　ゲームによって集中力が高まる。

3　困難への対処を訓練できる。

4　勉強の効果が上がる。

（4）　人には、表に出ていない力があります。人の脳は、30％だけ起きていて70％は眠っていると言われます。

　その眠っている部分を起こすには、色々な方法があります。

　そのうちのひとつは「ほめること」です。

　人はほめられると「自分にもできるのかな」と言う気持ちになります。「できる」と思うと、眠っている部分が目覚めるのです。

　だから、そのスイッチをつけるのは親や先生の責任です。

（京郁夫「生活の中の教育」育英出版より）

58　筆者の論点と合わないものはどれか。

　1　ほとんどの人には、たいした才能はない。

　2　子供が自分で能力開発するのは難しい。

　3　親や先生の意見は影響が大きい。

　4　信じる事は能力開発につながる。

（5）　ボウリングで、ストライクを出すのはさしてむずかしいことではない。

　しかしそれを10回連続で出すのはとてもむずかしい。

　それができれば300点満点だが、ストライクを簡単に出せる人でも300点を取るのは非常にまれだ。

　理論的には、ストライクを取った時と同じ動きを10回すればいいだけ。しかし実際にはちょっと角度がずれたり、手から球をはなす時間が早かったり遅かったりするだけで、失敗する。

　人間は機械ではないので、毎回の動作がまったく同じとは行かない。

（西条最上「ボウリングのむずかししさ」育英社より）

59　ストライクが簡単で満点がむずかしいのはなぜだと筆者は言っているか。

　　1　緊張するから。

　　2　疲労が生じるから。

　　3　動きは毎回違うから。

　　4　基本が出来ていないから。

問題 11　次の (1) から (3) の文章を読んで、後の問いに対する答えとして最もよいものを、1・2・3・4から一つ選びなさい。

（1）　私たちモノ書き最大の敵は「ネタ切れ」である。これはお笑い芸人、作曲家やミュージシャン、みな同じだろうと思う。

　しかし、ではネタさえあればいいのかというと、そうではない。

　ネタがあっても文章表現がうまくいかなければ駄文に終わる。

　これは、板前が刺身をサバくのに似ている。

　せっかくいいネタでも、切り方がまずいと全然おいしくなくなってしまうのだ。

　職人にも調子のいい日と悪い日があるように、いやそれ以上の落差で、私たちモノ書きも①その日の調子によって出る文がちがってくる。

　だからいいネタだと思って書いても、サバき方が悪かったおかげでそれを駄目にしてしまい、二度と見たくなくなる文になってしまうこともしばしばだ。

　反対に、ネタそのものは普通でも文章表現がうまく行った場合は自分で何度も読み返したくなるほどお気に入りになることもある。

　しかし、大作家であってもネタ・文章表現共に秀逸な傑作と言うものはそうそう生まれるものではない。あるシンガーソングライターが「ヒット曲を作ることは難しくないけれど、スタンダードを作ることは非常に難しい」と言っていたのを思い出す。

　曲でも文でも絵でも②すべての条件が偶然に出揃うことは奇跡に近いことなのだ。

（森論外「新人の頃を過ぎても」真超文庫より）

60 ①その日の調子によって出る文がちがってくると言うのはどういう状況か。

1 毎日いいネタがあるとは限らないから、悪いネタの時はいいものができない。

2 ネタが悪いと気分が乗らないから、どうしても処理が悪くなる。

3 いいネタであってもいい文が出るとは限らない。

4 受け取り手の感覚が毎日変わるから、同じものでもちがって感じられる。

61 ②すべての条件が偶然に出揃うとは、どういうことか。

1 作り手の感性と受け手の感性が一致する。

2 受け手の需要と作り手の供給が一致する。

3 最高のネタを最高の技術で処理する。

4 傑作が偶然世間の目に止まる。

62 筆者の論点は何か。

1 天才といえども傑作は偶然に生まれる。

2 天才ならばよくないネタでもそこそこの水準に仕上げる。

3 いくら処理が優れていてもいいネタがないと傑作はできない。

4 いくら傑作が生まれても世間が注目しないと後世に残らない。

（2）　「見てガッカリした名作」と言う表現をよく聞く。

　当然そのように言われているのはかなり時代的に前のものが多い。

　これは当然だともいえる。

　「名作」と呼ばれるのは「その時代では」と言う意味だからだ。

　どんな時代でも人々は新しい刺激を求め、「それまでになかったもの」をうまく作り出して観客を驚嘆させれば、それは名作と呼ばれるようになる。

　しかし慣れてしまえば刺激は刺激ではなくなる。そこで製作者側は観客を満足させるためにそれらを土台としてさらに発展させていく。

　カメラワーク、俳優の演技、音楽、編集、どれをとっても以前のもののよかった部分を踏襲し、新たなアイディアで進化していくのが当然である。

　また、刺激を与えるためには、テンポがどんどん速くなっていく。観客たちの日常生活の情報流通も時代と共に速くなっていくから、息をもつかせぬスピーディな展開が必要とされていく。

　今の時代の人たちが昔の名作と呼ばれている作品を見ると、カメラワークが鈍い、演技が下手だ、音楽が古い、編集が甘い、テンポが遅いと感じるのは当然のことだ。

　そうすると、①「こんなの、全然面白くないよ」となるのも至極当然なのだ。

　②それらが作られた時代背景を理解できなければ、どうしてそれが名作と呼ばれたのかは到底感じることはできない。

（水野春男「映画あれこれ」株式会社キネマサンライズ書房より）

63 ①「こんなの、全然面白くないよ」となるのはどうしてか。

1　現代とは作り方が違うから。

2　当時の人とは価値観が違うから。

3　現代の作品には以前の名作の要素がすでに入っているから。

4　現代の人には理解できないほど高度な内容だったから。

64 ②それらが作られた時代背景を理解するとはどういうことか。

1　その時代にはそれが新しいものだったことを認識する。

2　その時代の生活様式を勉強して認識する。

3　今の時代から見ればつまらないと言うことを認識する。

4　セットや道具が古いということを認識する。

65 筆者の言いたい事に最も近いものは何か。

1　名前だけの名作を賞賛するのはおかしい。

2　時代背景を考えれば、以前の名作は現代の駄作以下だ。

3　現代人が名作がつまらないと感じるのは当然のことだ。

4　名作の血は現代の作品にも生かされていることを知って欲しい。

（3）　誰でも人生、何事も起きず平穏で幸せに過ごしたいと思っている。

　私もかつてはそうだった。それは、①この世は現実であると思うからだ。

　人生すべて現実だと思うから、イヤなことは起こって欲しくないと思う。

　しかしもしこれが、遊園地のお化け屋敷みたいに全部作り物だとしたらどうだろう？

　思いがけない事故や病気、親友の裏切りや事業の失敗など、おそいかかるさまざまな困難。そうした波乱万丈で意外な展開をくりひろげる人生のほうが、ストーリーとしてはずっと面白い。

　遊園地のお化け屋敷に入って全然恐い思いをせずに平々凡々と過ぎて終わりが来てしまったら、客は怒るだろう。②最初から作り物だと認識した場合には、さまざまな困難が設定されているほうが楽しみがいがあるのだ。

　人生を現実ではなくゲームだと認識したら、これとまったく同じこと。

　この世は遊園地で、私たちはそこのお客。人生はお化け屋敷で、私たちはそこのゲームを楽しんでいる。

　そう思ったら、決定的な悲劇ではない限り色々なことが起きる人生のほうが得であるような気分になれる。

（南斗優香「生きるとはこの世を旅すること」晴海書房より）

66 ①この世は現実であると思う心理が、人生に対してどんな影響を与えると筆者は感じているか。

1 責任感を与える。

2 積極性を与える。

3 消極性を与える。

4 娯楽性を与える。

67 ②最初から作り物だと認識した場合には、人生への見方はどう変わるか。

1 どうせいいかげんに過ごしても関係ない。

2 本物でない人生はマジメに過ごす意義はなくなる。

3 お化け屋敷と同じように困難を楽しまないと損だ。

4 苦しいけれどウソだと思うとなんとか乗り切ることができる。

68 筆者が思う得な人生とはどんなものか。

1 何事もなく平穏無事に生きられる人生。

2 つらい目や苦しい目に遭って修行となる人生。

3 遊園地のように楽しいことばかりが起こる人生。

4 困難はあっても楽しんで乗り越えられる人生。

問題 12　次のＡとＢはそれぞれ、映画は原語のもとのと吹き替えのものとどちらがよいかについての意見である。二つの文章を読んで、後の問いに対する答えとして最もよいものを、1・2・3・4から一つ選びなさい。

A

　下は、学校での友達同士の会話です。

　Ａ子：ねえ、映画ってやっぱり原語で見るのが一番だよね。

　Ｂ子：そう。大画面に原語に字幕がいい。

　Ａ子：もしせっかく見に行ったのに日本語しゃべってたら興ざめだしね。

　Ｂ子：だけど、映画館は大きな画面で見るからいいけど、小さい画面で原語だと字幕ばっかりに目が行って肝心の画面がよく見えない。

　Ａ子：家でテレビで見る時は確かにきついかも。私も気楽に見る時は吹き替えでいいな。

　Ｂ子：家族と見るなら吹き替えかもね。原語で見たければDVD買えばいいし。

　Ａ子：最近は、昔の吹き替えの方が貴重なんだよ。市販されたものじゃないから。VHSとかで録画した家庭にしか映像が残っていないことが多いんだって。

　Ｂ子：昔はコマーシャルってウザかったけど、今見ると懐かしかったりするし。

B

　下は、山田さんの家でテレビ放送の映画を見ている母と子の会話です。

　母：ちょっと、なに原語にしてるのよ。吹き替えに戻してよ。

　子：やっぱりフランス映画はおフランス語で見ないと雰囲気でないしなあ。

　母：雰囲気はいいけど、字幕が出ないからなにいってるかサッパリわからなくて面白くないわ。それにコマーシャルになればけっきょく日本語しゃべるのよ。

　子：そうか。家の環境では吹き替えがいいのかな。

　母：家で原語で見たければDVDを買えばいいわ。字幕も付いてるし。それに、最近はDVDでも日本語の吹き替えがついている方が売れるんだって。

　子：でも、コマーシャルなしで通してみるならやっぱり原語がいいよ。最初原語で見て、次に翻訳で見て、それからまた原語で聞くとか色々な楽しみ方があるしね。

69 Bの会話から、推測できる事ではないものはどれか。

1 日本の放送では原語と吹き替えを切り替えることが出来る。

2 日本の放送では字幕は出ない。

3 発売されているDVDには、日本語吹き替えの付いてないものもある。

4 日本語に吹き換えされた洋画は、今では原語よりも価値がある。

70 AとBに共通する意見はどれか。

1 どんな場合にも原語で見たほうがいい。

2 原語で見たければDVDを買えばいい。

3 以前の日本語吹き替え映像は、家庭にしか残っていないものもある。

4 以前のコマーシャルは今見ると懐かしい。

問題 13　次の文章を読んで、後の問いに対する答えとして最もよいものを、1・2・3・4から一つ選びなさい。

　ある日、テレビで「逃走中」を見ていました。知ってますか？

　これは要するに、大掛かりな鬼ごっこです。でもただ逃げるだけじゃつまらないから、色々な仕掛けがあります。捉まった人は鬼になるのではなくて、牢獄に入れられるんです。逃げる人は時間いっぱいまで逃げ切ると賞金がもらえると言うルールです。

　で、ある時時間が迫ってきて、追跡側はヘリコプターを用意して上空から逃げる人を捜索し始めました。

　逃走者の一人はそれを見て「イヤだな〜。」と言いましたが、牢獄の人はこう言いました。「いいなあ。あれ、楽しそう。私もやってみたかった。」と。

　その時私はこう思いました。①人生もこれと同じじゃないかって。

　同じものなのに、やってる人は「イヤだ」と感じて、外から見てる人は「楽しそう」って見える。

　もし死後の世界があるとして、私たちが魂だけの存在になった時。

　私たちが、逃走者のように「イヤだな〜。」と思っていることだって、あの世の人から見ると楽しそうに見えるのかも。この世界で生きている人たちを見て「いいなあ。私もあんなことやってみたい。あんなふうに悩んで、人生をプレイしてみたい。」と映るんじゃないかって。まるで②私たちが刺激のある映画の主人公になってみたいような気持ちで。

　もし魂だけになったら、たぶんこの世界の拘束は受けないでしょう。

　行きたい所に瞬時に行け、欲しい物は思っただけで手に入る。食べたい料理があればすぐ味わえるし、太ることも心配しなくていい。欲しいものがあれば指輪でもバッグでも高級車でも思っただけで手に入る。争いもなく、誰かから暴力を受ける心配もなく、怪我も病気もない。なんだか夢のような世界。

　死んだあとにそんなに素晴らしい世界にいけるなら、こんな風に障害が多く苦痛の多い世界になんかいたくないって、この世にいる私たちは思います。

　だけど逆にあの世って「逃走中」で言えば、牢獄に入っちゃってもう捉まる心配のないみたいな状態。安全で居心地いいけど退屈。

　だからそういう制限を受けながら悩んだり考えたり、泣いたり笑ったりしてるこの世の

人生がとても美しいものに見えるんだと思います。

　そう考えたら、なんか人生って素晴らしいものなんじゃないかって思えました。

　私もせっかくの人生だから、思いきってプレイしてみようって。

（前田香「kaoruのブログ」より2011.7.24「テレビから学んだこと」）

[71] ①人生もこれと同じとは、どういうことを指して言っているか。

　1　逃走者のように前途が多難である。

　2　「逃走中」のように追うより追われることの方が多い。

　3　本人がイヤだと思っても他から見ると楽しそうに見える。

　4　人生もゲームのように成功者と失敗者がいる。

[72] ②私たちが刺激のある映画の主人公になってみたいような気持ちになるのはどうして
だと筆者は言っているか。

　1　映画は見ていて楽しいから。

　2　映画はハッピーエンドが約束されているから。

　3　映画は作り物だと知っているから。

　4　日常生活が退屈だから。

[73] 筆者がテレビを見て感じた事は何か。

　1　人生は楽しいことだけやればそれでいい。

　2　人生は苦しいと思っても楽しい事だらけだ。

　3　テレビは現実ではないからこそ楽しめる。

　4　困難がある人生も楽しいものかもしれない。

問題 14　次は、ある市区の助成事業についてである。下の問いに対する答えとして最もよいものを、1・2・3・4から選びなさい。

74 助成金をまったく受けられない状況は次のうちどれか。

1　工事費が15750円以下の場合。

2　インターネットサービスとケーブルテレビをセットで加入する場合。

3　平成23年9月30日を過ぎて申請した場合。

4　国の補助金を受けられる場合。

75 助成金を申請する場合、注意すべき点は次のどれか。

1　15750円に満たない場合は15750円の助成金が受け取れる。

2　集合住宅の場合は、一軒分の助成金が受け取れる。

3　申請期間中でも予算がなくなれば助成金が降りない。

4　一つの建物では助成金の対象にならない。

市では、市内全域に整備されたケーブルテレビ基盤を活用し、地上デジタル放送への円滑な移行を進めるため、平成２２年度に引き続いてケーブルテレビ加入時の助成事業を行っています。

基本的には昨年度の助成と同様に、ケーブルテレビに新規で加入する場合、初期費用の一部として工事費（１５７５０円）を助成するものですが、今年度の申請期限を当初の平成２３年９月３０日までから、平成２４年３月１５日までに延長しました。ただし、申請期間内であっても、予算がなくなり次第、助成は終了となります。

助成制度の概要
◆１　助成の対象となる費用
ケーブルテレビ加入時に必要となる工事費です。
インターネットなどの別サービスに加入する場合であっても、ケーブルテレビとセットで加入する場合は、助成の対象となります。

◆２　助成金額
ケーブルテレビ１件につき、１５７５０円となります。ただし、工事費が
１５７５０円に満たない場合は、必要となった分の引込費用が助成の対象となります。

◆３　助成金の交付対象者
平成２３年４月１日から平成２４年３月１５日までにケーブルテレビの加入申込みを行うかたです。事業者のかたも対象となります。
ただし、ケーブルテレビ加入に際し、工事費に国の補助金などを受けるかたは、対象外となります。

◆４　助成金の交付範囲
ケーブルテレビに加入する建物につき、１回です。
ただし、集合住宅などにおいて住戸ごとに工事を行う場合は、個々に助成の対象となります。

問題1 ◎ 12

問題1では、まず質問を聞いてください。それから話を聞いて、問題用紙の1から
4の中から、最もよいものを一つ選んでください。

1番

1　木曜日の夜

2　木曜日の朝

3　金曜日の午前

4　土曜日の午前

2番

1　コーヒーを3つ、紅茶を2つ頼む。

2　コーヒーを3つ、紅茶を1つ買う。

3　コーヒーを4つ、紅茶を2つ買う。

4　コーヒーを2つ、紅茶を2つ買う。

3番

1　髪を切る。

2　髪を切って、髪を染める。

3　髪を切って、パーマをかける。

4　髪を切って、パーマをかけて、髪を染める。

4番

1　三木ハイツ

2　山手ビル

3　大きい不動産チェーンで見つけた他の物件

4　光ハイツ

5番

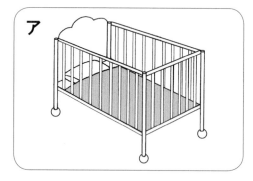

ア

イ

ウ

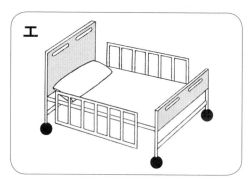

エ

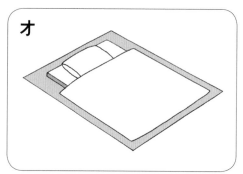

オ

1　ア、オ

2　イ、オ

3　ウ

4　エ

問題2 13

問題2では、まず質問を聞いてください。そのあと、問題用紙のせんたくしを読んでください。読む時間があります。それから 話 を聞いて、問題用紙の1から4の中から、 最 もよいものを一つ選んでください。

1番

1 月曜日の夜

2 火曜日の夜

3 水曜日の夜

4 木曜日の夜

2番<ruby>ばん<rt></rt></ruby>

1　Sサイズの薄<ruby>うす<rt></rt></ruby>いグレー

2　Mサイズの薄<ruby>うす<rt></rt></ruby>いグレー

3　Sサイズの黒<ruby>くろ<rt></rt></ruby>っぽいグレー

4　Mサイズの黒<ruby>くろ<rt></rt></ruby>っぽいグレー

3番<ruby>ばん<rt></rt></ruby>

1　保証書<ruby>ほしょうしょ<rt></rt></ruby>を作<ruby>つく<rt></rt></ruby>ってもらう

2　ユーザー登録<ruby>とうろく<rt></rt></ruby>をする

3　保証書<ruby>ほしょうしょ<rt></rt></ruby>を探<ruby>さが<rt></rt></ruby>す

4　e-mailで修理<ruby>しゅうり<rt></rt></ruby>をお願<ruby>ねが<rt></rt></ruby>いする

4番

1　おしゃれな感じだから

2　キッチンで作ってすぐに持ってこれるので便利だから

3　外を見ながら食べるのが優雅でいいから

4　外からまる見えだから

5番

1　伝票を貼る前に重さを測ったから

2　伝票を貼ってから重さを測ったから

3　安くしてくれなかったから

4　相手が用紙に記入してくれなかったから

6番

1 新型を買うよりは安い旧型をたくさん買いたいから

2 新型は高い割に性能がよくないから

3 旧型は性能が悪いから

4 旧型の性能のほうが新型よりもいいから

問題3 ◎ 14

問題3では、問題用紙に何もいんさつされていません。この問題は、全体としてどんな内容かを聞く問題です。話の前に質問はありません。まず話を聞いてください。それから、質問とせんたくしを聞いて、1から4の中から、最もよいものを一つ選んでください。

―メモ―

1番

2番

3番

4番

5番

問題4 ◎ 15

<ruby>問題<rt>もんだい</rt></ruby>4では、<ruby>問題用紙<rt>もんだいようし</rt></ruby>に<ruby>何<rt>なに</rt></ruby>もいんさつされていません。まず<ruby>文<rt>ぶん</rt></ruby>を<ruby>聞<rt>き</rt></ruby>いてください。それから、それに<ruby>対<rt>たい</rt></ruby>する<ruby>返事<rt>へんじ</rt></ruby>を<ruby>聞<rt>き</rt></ruby>いて、１から３の<ruby>中<rt>なか</rt></ruby>から、<ruby>最<rt>もっと</rt></ruby>もよいものを<ruby>一<rt>ひと</rt></ruby>つ<ruby>選<rt>えら</rt></ruby>んでください。

―メモ―

1番　　　　　　　　**7番**

2番　　　　　　　　**8番**

3番　　　　　　　　**9番**

4番　　　　　　　　**10番**

5番　　　　　　　　**11番**

6番

問題5 ◎ 16

問題5では、長めの話を聞きます。この問題には練習はありません。

メモをとってもかまいません。

【1番、2番】

問題用紙に何もいんさつされていません。まず話を聞いてください。それから、質問とせんたくしを聞いて、1から4の中から、最もよいものを一つ選んでください。

―メモ―

1番

2番

【3番】
<ruby>番<rt>ばん</rt></ruby>

まず<ruby>話<rt>はなし</rt></ruby>を<ruby>聞<rt>き</rt></ruby>いてください。それから、<ruby>二<rt>ふた</rt></ruby>つの<ruby>質問<rt>しつもん</rt></ruby>を<ruby>聞<rt>き</rt></ruby>いて、それぞれ<ruby>問題用紙<rt>もんだいようし</rt></ruby>の1から4の<ruby>中<rt>なか</rt></ruby>から、<ruby>最<rt>もっと</rt></ruby>もよいものを<ruby>一<rt>ひと</rt></ruby>つ<ruby>選<rt>えら</rt></ruby>んでください。

3番

質問1

1　<ruby>箱<rt>はこ</rt></ruby>に<ruby>入<rt>い</rt></ruby>れておく。

2　ベッドのそばに<ruby>置<rt>お</rt></ruby>く。

3　<ruby>捨<rt>す</rt></ruby>てる。

4　<ruby>床<rt>ゆか</rt></ruby>の<ruby>上<rt>うえ</rt></ruby>にそのまま<ruby>置<rt>お</rt></ruby>いておく。

質問2

1　<ruby>箱<rt>はこ</rt></ruby>を<ruby>買<rt>か</rt></ruby>いに<ruby>行<rt>い</rt></ruby>く。

2　サボテンの<ruby>鉢植<rt>はちう</rt></ruby>えを<ruby>買<rt>か</rt></ruby>う。

3　<ruby>何<rt>なん</rt></ruby>でもベッドの<ruby>周<rt>まわ</rt></ruby>りに<ruby>置<rt>お</rt></ruby>いておく。

4　<ruby>家具<rt>かぐ</rt></ruby>を<ruby>買<rt>か</rt></ruby>ってくる。

第 **4** 回

言語知識（文字・語彙・文法）・読解
|
P 152

聴解
|
P 181

限時 105 分鐘 作答開始：＿＿＿ 點 ＿＿＿ 分　作答結束：＿＿＿ 點 ＿＿＿ 分

問題 1 ＿＿＿＿＿ の言葉の読み方として最もよいものを、1・2・3・4から一つ選びなさい。

1 税金を納める。

　　1　せめる　　　　2　ためる　　　　3　おさめる　　　4　まとめる

2 溺れないように、監視員がいます。

　　1　あばれ　　　　2　おぼれ　　　　3　こぼれ　　　　4　うぬぼれ

3 品物を市場から卸す。

　　1　くだす　　　　2　わたす　　　　3　おろす　　　　4　しめす

4 書留で手紙を送ります。

　　1　しょりゅう　　2　かきとめ　　　3　かきだめ　　　4　はきだめ

5 狩山くんは自信過剰だ。

　　1　かじょう　　　2　ごじょう　　　3　かちょう　　　4　ごちょう

問題 2 _____ の言葉を漢字で書くとき、最もよいものを、1・2・3・4から一つ選びなさい。

6 それは、彼ならあり<u>うる</u>。

1 売る　　　　2 得る　　　　3 有る　　　　4 着る

7 最近、<u>おかわり</u>ありませんか。

1 お替わり　　2 お代わり　　3 お変わり　　4 お化わり

8 <u>おくじょう</u>から富士山が見える。

1 屋城　　　　2 億条　　　　3 奥上　　　　4 屋上

9 その説明は<u>かえって</u>わかりにくい。

1 帰って　　　2 返って　　　3 還って　　　4 却って

10 お金を<u>かして</u>ください。

1 化して　　　2 貸して　　　3 借して　　　4 課して

問題3 （　　　　）に入れるのに最もよいものを、1・2・3・4から一つ選びなさい。

11　彼女の服は（　　　　）趣味だと思う。

　　1　壊　　　　　2　没　　　　　3　滅　　　　　4　悪

12　営業で取引（　　　　）との接待が忙しい。

　　1　先　　　　　2　上　　　　　3　対　　　　　4　中

13　球を（　　　　）一重で躱した。

　　1　髪　　　　　2　神　　　　　3　紙　　　　　4　上

14　大切な商品なので（　　　　）造作に扱わないで欲しい。

　　1　有　　　　　2　無　　　　　3　上　　　　　4　非

15　採算を度外（　　　　）してやっている。

　　1　感　　　　　2　看　　　　　3　視　　　　　4　化

問題 4　（　　　　）に入れるのに最もよいものを、1・2・3・4から一つ選びなさい。

16　彼は社長の（　　　　）ばかりをとっている。

　　1　意見　　　　　2　気分　　　　　3　事務　　　　　4　機嫌

17　ジュラ紀には恐竜が地上を（　　　　）いた。

　　1　のたくって　　2　とまどって　　3　のさばって　　4　ためらって

18　この服はけっこう（　　　　）だ。

　　1　流行　　　　　2　お洒落　　　　3　好感　　　　　4　迷惑

19　この犬は毛が（　　　　）していて可愛い。

　　1　もさもさ　　　2　がさがさ　　　3　ふさふさ　　　4　べたべた

20　（　　　　）をすませて店を出た。

　　1　決算　　　　　2　支出　　　　　3　勘定　　　　　4　返済

21　彼女は信じていた人に（　　　　）されていた。

　　1　告白　　　　　2　本気　　　　　3　密会　　　　　4　浮気

22　地道に（　　　　）と貯金して家を買った。

　　1　コソコソ　　　2　コツコツ　　　3　ポンポン　　　4　トントン

問題 5 _____ の言葉に意味が最も近いものを、1・2・3・4から一つ選びなさい。

23 あの二人は金銭関係で<u>もめ</u>ている。

　　1　話し合って　　　2　争って　　　　3　協力して　　　　4　別れて

24 彼女は仕事を<u>なめ</u>ている。

　　1　軽く見て　　　　2　重く見て　　　3　大事にして　　　4　よくやって

25 彼女は父親に<u>ソックリ</u>だ。

　　1　尊敬している　　2　よく似ている　3　失望した　　　　4　仲が悪い

26 彼女の言動は、<u>みっともない</u>。

　　1　すばらしい　　　2　恥だ　　　　　3　バカだ　　　　　4　有名だ

27 私はこの業界に<u>つながり</u>がある。

　　1　人脈　　　　　　2　知識　　　　　3　興味　　　　　　4　憧れ

問題 6　次の言葉の使い方として最もよいものを、1・2・3・4から一つ選びなさ
　　　　い。

28　口実

1　政治家は接待費と言う口実で高いものばかり食べている。

2　彼は口実でウソをつかない。

3　彼女は口実なので一向にやせられない。

4　やがては花が咲き口実が実る。

29　御免

1　会社は五時で御免だ。

2　損害は相手方に御免してもらう。

3　ここでは税金が御免となります。

4　あんな店はもう二度と御免だ。

30　姿勢

1　あのビルは姿勢が美しい。

2　あの会社はいま儲かっていて姿勢がいい。

3　この製品はどうも姿勢が悪い。

4　人のアイディアを流用する彼の基本姿勢は良くない。

31　実は

1　彼女は17歳だと言ってるが、実は23歳だ。

2　飛行機の操縦は、実は難しい。

3　この現象は、実は面白い。

4　みかんの皮は苦いが、実は甘い。

32　意気込む

1　のどに詰まって意気込んでしまった。

2　重い荷物を持って意気込むと血圧が上がる。

3　好きな仕事なので意気込んでやっている。

4　水の中で意気込む。

問題7 次の文の（　　　　）に入れるのに最もよいものを、1・2・3・4から一つ選びなさい。

33 ここは彼に安打を打って（　　　　）だ。
　　1　あげたい時　　　　2　くれたい所　　　　3　ほしい所　　　　4　飛ばしたい時

34 時代の波で（　　　　）しまう文化もある。
　　1　忘れさせて　　　　2　忘れられて　　　　3　忘れたくて　　　　4　忘れないで

35 公言したからには、（　　　　）いけない。
　　1　やっても　　　　2　やらないと　　　　3　やったりは　　　　4　やったところで

36 これだけ譲歩している（　　　　）、相手はまったく譲らない。
　　1　から　　　　　　2　ところで　　　　3　だけあって　　　　4　のに

37 現代の生活は、すでに以前（　　　　）。
　　1　のと重なっている　　　　　　　　2　とは異なっている
　　3　のもののようである　　　　　　　4　のまま保存されている

38 会社が、ホテルを（　　　　）。
　　1　予約してあげた　　　　　　　　　2　予約してもらった
　　3　予約してくれた　　　　　　　　　4　予約させてあげた

39 つまらないことに（　　　　）、私は身を引いた。
　　1　かかわりあいたいので　　　　　　2　かかわっていたいので
　　3　かかわりたくないので　　　　　　4　かかわらずにいられないので

40 親が大学へ（　　　　）ので、自分で学費を稼いだ。
　　1　行きたくない　　　　　　　　　　2　行かせてあげない
　　3　行かせてくれない　　　　　　　　4　行ってあげられない

41 （　　　　）で一番大変な仕事だった。
　　1　今から　　　　2　今まで　　　　3　今にも　　　　4　今さえ

42 豊臣秀吉は農民出身で天下を統一した（　　　　）。

1　ことを知っている　　　　　　　2　ことが知っている

3　ことに知られている　　　　　　4　ことで知られている

43 私は部長さまと（　　　　）。

1　親しんでいます　　　　　　　　2　親しまれています

3　親しくされています　　　　　　4　親しくさせていただいています

44 それを解決したところで、問題がなくなる（　　　　）。

1　わけだ　　　　　2　わけではない　　3　ということだ　　　4　はずだ

問題 8 次の文の ___★___ に入る最もよいものを、1・2・3・4から一つ選びなさい。

（問題例）

　　中国で ___★___ _____ _____ _____ 存在しない。

　　　　　1　見られる　　2　牛肉麺は　　3　一般的に　　4　日本の中華料理には

（解答のしかた）

1. 正しい文はこうです。

　　中国で ___★___ _____ _____ _____ 存在しない。
　　　　　　3一般的に　1見られる　2牛肉麺は　4日本の中華料理には

---

2. ___★___ に入る番号を解答用紙にマークします。

　　　　（解答用紙）　　| (例)れい | ① ② ● ④ |

---

45 行列が _____ _____ ___★___ _____ のだと想像した。

　　　1　できているので　　2　料理が　　　　3　この店の　　　　4　よっぽどおいしい

46 あの有名女優は _____ _____ ___★___ _____ を注文するそうだ。

　　　1　来ると　　　　2　ここに　　　　3　必ず　　　　4　この料理

47 百貨店で _____ _____ ___★___ _____ 出品している。

　　　1　うちの　　　　2　美食フェアに　　3　製品も　　　　4　開催中の

48 以前から ___★___ _____ _____ _____ ことができた。

　　　1　面識を　　　　2　持つ　　　　3　人と　　　　4　会いたかった

49 この仕事は _____ ___★___ _____ _____ 楽だった。

　　　1　覚悟して　　　　2　いたが　　　　3　大変だと　　　　4　思ったより

問題9　次の文章を読んで、文章全体の内容を考えて、 50 から 54 の中に入る
　　　最もよいものを、1・2・3・4から一つ選びなさい。

　「手工芸品」とか「手作業で作りました」って聞くと、どんな感じがします
か？

　多くの人は、「ハンドメイド」と聞くと「高い」、「高級」など、いいイメージ
があると思います。

　でも私は、手作業で作ったとか聞くと「不完全な」イメージが真っ先に思い
浮かんでしまいます。

　機械で作れば、 50 の狂いもムラもなく正確にキレイにできると言う感じがし
ます。反対に、 51 錯覚のある人の手で作ったものには絶対に欠点がある、と
いう先入観があるからです。

　だから私は、工業製品のように 52-a や 52-b を求めるものは機械製が断然
いいです。

　しかし、食べ物だとかの話になると、とたんに手作りのモノのほうが絶対おい
しいと感じられてくるから不思議です。

　例えば、麺。

　機械で作った工業製品のような麺よりも、手打ちの麺のほうがはるかにおいし
そうだし、 53 おいしい。

　太さや長さが微妙にちがっている 54 感が、歯ざわりに適度な幅を持たせ
てくれるからじゃないでしょうか。

　少しずつちがっていて、決して均一ではないところがまた、新鮮に感じられる
のです。

　　　　　　　　　　　　　　　　　　　（発言者：みーな　ブログ「主婦のつぶやき」より）

50

  1 寸暇   2 寸分   3 寸鉄   4 寸志

51

  1 所謂   2 所詮   3 全然   4 必然

52

  1 a 鑑賞 ／ b 美観

  2 a 値段 ／ b 性能

  3 a 実用 ／ b 耐用

  4 a 賛成 ／ b 賛同

53

  1 実際に   2 完全に   3 本当は   4 錯覚で

54

  1 ちぐはぐ   2 まぜこぜ   3 あやふや   4 でこぼこ

問題 10 次の (1) から (5) の文章を読んで、後の問いに対する答えとして最もよい
ものを、1・2・3・4から一つ選びなさい。

(1) スプーンを手に持って曲げて「超能力だ！」と騒ぐ風潮が昔からある。

　スプーンを手で曲げるのが、なぜ超能力なのだろう？そんなこと、小学生にもでき
るではないか。もしスプーンを使うなら、手で触らないで曲げるとか、あるいは絶対に
曲げられないような鉄骨とか、曲がるはずのない木の棒なんかを曲げて見せて欲しい
（手で触らないで曲げるのは「形状記憶合金」を使った手品がある）。

　あるいは、人体を透視できるなんて超能力もある。それがインチキではないにして
も、レントゲン写真の方が確実だ。

　このように、超能力は例え本当でも実用価値のないものがほとんどなのである。

（張農緑「やらせだらけの超常能力」ムー出版より）

55 筆者は超能力についてどう思っているか。

　1　絶対にありえないと思う。

　2　多分ないだろうし、あっても役に立たない。

　3　あるかもしれないが、たぶんインチキだろう。

　4　多分あると思うが、たいしたものではない。

（2） ダーウィンの「進化論」を否定する人もいます。「すべての生物は最初からその形で、進化によって形を変えることなど無理」と言う理論です。

ここではあえて進化論には触れませんが、生物はどんどん変わって行きます。

例えば、筋肉や血管は一度切れて再生することで前より強くなります。空手家などは拳骨や指を硬く鍛えます。骨をわずかに損傷（骨折）することで、再生して太く強くなるのです。

そうして手に入れた強い筋肉や骨格は、それらの鍛錬をしない子供にも遺伝子として受け継がれて行きます。同じように、……（後略）

（京郁夫「生活の中の教育」育英出版より）

56 筆者が進化論を肯定的に見る材料として適当なものはどれか。

　1　すべての生物は一生同じではなく変化するから。

　2　親の変化が子供に遺伝するから。

　3　同根亜種の生物が存在するから。

　4　親と子の遺伝子には差異があるから。

（3）　まながかなにケータイで話しています。

　「え？おくれてる？ちがうから。今バスに乗ってるんだけど、実はもう着いてるの。だけどすぐ前にトラックがいて、荷物を降ろしてるのね。

　だからずっと待ってる状態なの。もう五分くらい。ここ、一方通行だから待つしかないの。これがなければもうついていたはずだもの、遅刻じゃないよね。おくれたほうがおごる？これ、あたしのせいじゃないから。この道を抜けると、すぐそこだから。だから今回はなしにしてよ。」

[57]　まなの話しからわかることで正しくないのはどれか。
　　1　時間通りに来なかったほうがお金を出す。
　　2　バスの後ろにトラックが待っている。
　　3　かなはすぐ近くで待っている。
　　4　トラックのおかげで五分くらい遅れている。

（4） 同じ場所でも時間によって、雰囲気は変わるもの。

　私は子供の頃ずーっと、「平日の午後の家」を味わってみたかった。

　その違いに気づいたのは、ある日のこと。忘れ物をしたので先生に話し、それを取りに家に戻った時。

　そこは「あれ？？？」と思うほど、私の知っている家とは雰囲気が違っていた。

　モノは確かに同じなのだが、私の知っている家ではなく静寂で落ち着いた空間だった。それはまさに未知の世界。その時以来私は「同空間異時間旅行」をまた味わってみたくなった。

　それは、日曜日の午後では味わえない感覚だったから。

（南斗優香「旅行に行こう」晴海書房より）

[58] どうして、平日の午後の感覚は日曜の午後では味わえないのか。

　1　平日の午後は学校にいるから。

　2　日曜日は雰囲気がまったく違うから。

　3　日曜日は見る方の気分が変わるから。

　4　単なる筆者の思い込みだから。

（5）　夏休みって、子供にとってはいいだろうけど母親にとっては悪夢。

　だって、うるさいガキどもが朝から晩までずっといて、三食を作らないといけないんですから。夏は事故なんかも多い季節なので、でかけたらでかけたで心配だし、家にいてもつい「宿題はもうやったの？」なんてせっついてしまいます。

　それに、一回や二回はどこかに連れて行ってあげないといけないし、大変。

　だけど、こんなに長くて楽しい夏休みを過ごせるのも子供のうちだけ。

　そう思うと、私も一緒に楽しまなきゃって思います。

（ある母親のネット発言より）

59　夏休みを一緒に楽しむとはどういうことか。

　　1　自分にも休みをあげて主婦の仕事をしない。

　　2　子供の宿題を一緒にやる。

　　3　一緒に主婦の仕事をやらせる。

　　4　子供と一緒の時間を大事にする。

問題 11　次の (1) から (3) の文章を読んで、後の問いに対する答えとして最もよいものを、1・2・3・4から一つ選びなさい。

（1）　新しいものが出ると古いものが淘汰されると一般には思われている。

　しかし、必ずしもそうではない。ただ、一線を退くだけだ。

　例えば、以前は子供たちの娯楽の主流は紙芝居だった。それが家でも見られる貸本屋になり、書店から買い入れする漫画になった。

　しかし、①紙芝居も貸本屋もいまだに存在する。

　幼稚園などではいまだに紙芝居を使うし、芸人のお笑いネタにもよく出てくる。

　貸本屋も多くはないがやはりまだある。何度も読み返さず一度読むだけなら、買って置き場に困るよりも貸本屋の方が便利だからだ。

　同じように、テレビができたからといって②ラジオがなくなることはなかった。

　テレビとはいわば「画面つきラジオ」で、ラジオの進化系ではあるが、災害時とか車の運転時などの用途ではいまだに使われている。

　今では、パソコンやケータイによってテレビが淘汰されるなどとも言われている。

　テレビ番組はパソコンでもケータイでも見られるし録画もできる。

　客間にテレビが置いてあって家族で一緒に見る、という昔ながらの一家団欒方式は崩れつつある。

　しかし、やはり完全にはなくならないだろうと思うのである。

（本間加奈「時代と生活」啓明社より）

60　①紙芝居も貸本屋もいまだに存在するのはなぜか。

　　1　古いものが好きな人もいるから。

　　2　文化の一部として保護されているから。

　　3　それぞれにちがった用途があるから。

　　4　特殊な人たちに需要があるから。

61　②ラジオがなくなることはなかったのはどうしてか。

　　1　ものによってはテレビより面白いから。

　　2　画面を見る必要がなくて便利だから。

　　3　ある職業には必要なものだから。

　　4　安く手に入って便利だから。

62　筆者がテレビはなくならないと思うのはどうしてか。

　　1　テレビも進化するはずだから。

　　2　取替えが効かない機能があるから。

　　3　テレビはいまだに娯楽の主流だから。

　　4　旧式のものが完全になくなった例がないから。

（2）　「試合で勝つのと負けるのとどっちがいい？」って聞かれたら、もちろん勝つ方がいいっていいってみんな言うに決まってますよね。勝った方が気分がいいし、負けると悔しいしでこれは人間（というか動物？）の本能に近い部分として確かにあります。では「試合で勝ったチームと負けたチーム、どちらが全力を出しきったでしょう？」と聞かれたらどうですか？こうなると①結果としての勝ち負けとイコールにならないですよね。確かに全力を出しきったから相手に勝ったというケースはあるでしょう。強いチームが持っていた力を発揮できずに負ける時もあります。しかし②多くの場合には全力を出しやすいのは明らかに弱いチームの方ではないでしょうか？実力上位の相手に対して、勝てないまでも1点でも多く点数をとるために持てる力を全部出してぶつかっていきますよね。すると、「全力を出しきる」という目標を達成しにくいのは弱い相手と対戦するチームの方ということになります。だから「スポーツは勝ち負けじゃない。自分たちのやってきたことが全部出せたかどうかが一番大事なんだ！」なんていつも選手に言ってる監督さん、トーナメント1回戦で強豪チームと当たる組み合わせになってガッカリしてちゃいけません。むしろガッカリすべきなのは全力を発揮できない相手強豪チームの方なんですから。

（小川宏の発想辞典その39：「弱いチームの方が満足？」より転載）

63 ①結果としての勝ち負けとイコールにならないとはどういうことか。

1　強いチームだからと言って勝てるとは限らない。

2　弱いチームだからと言って負けるとは限らない。

3　全力を出すことと勝ち負けは必ずしも関係ない。

4　実力と勝敗がいつも一致しているとは限らない。

64 ②多くの場合には全力を出しやすいのは明らかに弱いチームの方と言うのはどうしてか。

1　弱いチームの方が仲がいいから。

2　負けて元々で気が楽だから。

3　低いレベルを出す事は易しいから。

4　相手が自分よりはるかに強いから。

65 筆者の言うスポーツの意義はどこにあるか。

1　勝負に関わらず全力を出すこと。

2　なんとしてでも勝ちを拾いに行くこと。

3　どんな状況でも勝てるように鍛錬すること。

4　勝敗を度外視してゲームを楽しむこと。

（3）　①「若いっていいわね。」そのおばさんはそういった。

　知らない人である。会った事はない。

　帰宅の途中の駅を出てきた時だった。重そうな荷物を持っていたので行き先を聞いたら、家の近く。ついでなので荷物を持って家まで送ってあげた時のことだった。

　よく見ると、中々上品な顔をしているし目鼻立ちも綺麗だった。若い頃はこの人もさぞ美人で多くの追求者がいたに違いない。そんな私の内心をよそに、彼女は羨ましそうに私と私の顔を見た。私も容姿に関して損はしていない。

　「若い頃には美貌があったと言う点ではあなたも変わりない。でも若いって言う事は未知だと言うこと。その年まで無事に生きていられたあなたとちがって、私に明日の保証はない。その年まで生きられるかどうかわからない。もし無事に生きているとしても、こんないい家に住んで幸せだと言う保証はどこにもない。羨ましいのは、あなたのほうじゃない？」

　心の中ではそんなことを思いつつ、愛想笑いを返した若き日の自分。

　若い時代とは、成長した年月と同じくらいゆっくりした速度で流れるものだと信じて疑わなかったあの日。あれからあっけないまでに月日は流れ、もはや若いとは言えない年齢になった時、②羨ましがられたのはその未知の部分だと気づくまでには、もうそんなに時間は残されていなかった。未知とは危険でもある代わりに可能性でもあったと気づいた時には、もうその可能性はかなり狭くなっていた。

（葛城綾「過ぎ去りし過去の日々」真超文庫より）

66 ① 「若いっていいわね。」と言われたのはどこか。

　1　駅で初めて会った時。

　2　帰宅する道の途中。

　3　荷物を家に届けた後。

　4　おばさんの家の中。

67 ① 「若いっていいわね。」と言う事は、別の言葉で言えばどういうことか。

　1　私は年をとってかわいそうだ。

　2　若い時間は長く続かない。

　3　若い人は病気もなくて羨ましい。

　4　あなたは私よりももっと可能性がある。

68 ② 羨ましがられたのはその未知の部分とは、どんな心境を指しているか。

　1　あなたは私よりもまだまだ寿命が長い可能性がある。

　2　あなたは私よりももっと金持ちになれる可能性がある。

　3　あなたは私よりももっと素敵な人生を過ごす可能性がある。

　4　あなたは私よりももっとキレイになれる可能性がある。

問題 12 次のＡとＢはそれぞれ、メールにはすぐ返事をするのがよいのかどうかについての意見である。二つの文章を読んで、後の問いに対する答えとして最もよいものを、1・2・3・4から一つ選びなさい。

A

下は、ある女性の意見です。

「男性からメールが来て、すぐに返事すると暇だと思われちゃう。それに、なにかその人のこと好きなんじゃないかって思われるんじゃないかな。例え好きな人だったとしても、安心されちゃって親切にされなくなると思う。だから時には気を持たせてわざと遅く返事するんです。中身も、あまり文字を書かないで低調気味の内容にしたり。そうすると相手は不安になってくると思うから。すぐに返事したり丁寧に文を書いてばかりいると相手の征服欲を満足させてしまい、こっちが不利になるような気がします。こっちはゆっくりだけど、相手は速攻で返事をしてくる。それが理想ですね。」

B

下は、ある男性の意見です。

「そんなのすぐして当然じゃないですか？相手だって急いでるかもしれないし。なんかわざと返事遅くして、反応見たりじらせることで相手の気を惹こうという人、特に女性に多いんだけどハッキリ言ってマイナスです。小細工して相手の反応を操作しようなんて考え方自体、すでに誠意が感じられません。メールは単なる用件を伝える道具のはず。そっちが目的であって、相手の気持ちを探ったりするために使おうとするのはまちがっていると思います。だから、短かく用件だけを返事すればいいわけで、誰でもすぐできるはずです。それをしないでわざと遅らせたりしてくる人は、自分の姑息さをアピールしているように見えてイヤになってしまいます。人との意思の疎通に、よけいなテクニックはいりません。」

69 AがBにメールを送ったとして、Bの反応は次のうちどれになるか。

1 誠意のない人だと思う。

2 返事がこなくて心配する。

3 めげているのかと同情する。

4 相手の心理まで考える思慮深い人だと思う。

70 AがBに気があるとすると、どうするのが効果的か。

1 自分の気持ちをそのまま伝える。

2 できるだけ丁寧に、気を使って対応する。

3 メールの返事を遅らせるなどして不安を煽る。

4 相手の気を惹くためのあらゆるテクニックを駆使する。

問題 13 次の文章を読んで、後の問いに対する答えとして最もよいものを、1・2・3・4から一つ選びなさい。

　クラスで英語や日本語を習っていて、できる生徒とできない生徒の差がどれほど激しいかは、経験のある人はよくわかるだろう。そのスペックは同じ期間の学習でも3～5倍以上にもなる。

　しかし私の経験によれば、能力に3～5倍の差があったとしても、できない生徒はできる生徒より3～5倍バカなわけではない。知能にはそれほど差がない。

　ではどうしてできないのか？

　答えは、①生徒がバカなわけではなくやり方がバカなのだ。

　ここに、最新型のパソコンと最初期型のパソコンがあるとする。最新型のパソコンは機能も広く処理も速い。反して、最初期型のパソコンは機能も少なく処理も遅い。できない生徒というのは、「古いパソコンが使い慣れているから」と言うだけの理由で、新しいパソコンに換えない人たちである。これでは、機能的に優勢である新しいパソコンを使っている人たちに太刀打ちできるはずがない。この場合の「古いパソコン」が、できない生徒の「古いやり方」「不合理な勉強法」に当たる。

　その機能や効率の差が、3～5倍もあるわけである。

　例えば私が「字を見ながらだと耳の集中力が分散します。耳をよくしたかったら、本を見ないで聞いてください。」と言ってもそれを信じて実行しない。反対に、できる生徒ほど自分のやり方に固執せず試してみる。そして効果があれば古い考えは捨てていく。このように「バカな生徒」とは「やり方を変えない人たち」である。

　頭が「悪い」のではなく「固い」からそうなる。

　これを繰り返せば、できる生徒は飛躍的に「進化」していくが、できない生徒は「進歩」するだけで「進化」はしない。例えるなら、できる生徒は爬虫類から「進化」して鳥になって空を飛べるが、できない生徒はいつまでたっても走る速さが「進歩」した爬虫類のままである。走るのが速くなるだけで、決して飛ぶ事はない。

　②これが「進化」と「進歩」の差である。進歩は努力すれば誰でもするが、それだけでは進化する事はできない。

　③進化を求めるなら、今あるものをいつでも捨てる覚悟が必要だ。

　私自身、創始した「言語入力法」も「絵図辞典」も、いまだに普及すらしていない

のに「自分が生きている間にゴミ箱に叩き込んでやる！」と友人に公言している。

　誰かがそれを使い始め普及し出したら、「まだそんなの使ってるの？今はもっとい

いものを開発してるんだけど？」と言いたいのである。

（高島匡弘「言語習得の秘法」民名書房　前書きより）

71　①生徒がバカなわけではなくやり方がバカの具体例は何か。

　1　パソコンをよく買い換える。

　2　本を見るなと言われても見る。

　3　もっと勉強しろと言われてもしない。

　4　理解なしに練習を反復する。

72　②これが「進化」と「進歩」の差であるとあるが、筆者の言う進化とはどういうこと

　か。

　1　以前とはまったく別のものに変わること。

　2　以前の長所を維持しつつよりよくすること。

　3　以前より成績を上げること。

　4　以前より知識を多く覚えること。

73　③進化を求めるなら、今あるものをいつでも捨てる覚悟が必要と言うのはどうしてか。

　1　進化には勇気が必要だから。

　2　進化には代償が伴うのが普通だから。

　3　人間の脳容量には限度があるから。

　4　今最新の方法でも、古くなる時が必ず来るから。

問題 14 次は、ある音楽コンクールの応募要項である。このコンクールの応募に関して、下の問いに対する答えとして最もよいものを、1・2・3・4から選びなさい。

74 郵便局で申し込む場合、どんな手続きが必要か。

1 窓口にある振込用紙に記入する。

2 参加料を電信で振り込む。

3 振り込み手数料を引いた金額を振り込む。

4 専用の振込用紙に記入する。

75 自然災害が起こった場合はどうなるか。

1 コンクールは中止になり、予選の参加料が返金される。

2 自然災害の場合でも、一切返金はされない。

3 日程が変更になり、本選を通過したことになる。

4 自然災害に遭った参加者は、予選を通過したことになる。

《お申し込み方法》

① 日程表より、参加地区、日時を選びます。

・申込期間は４月１日から締切日までです。

・お住まいの地域に関係なく２ヶ所まで選択可能です。

（２ヵ所申込む場合、参加費用は２ヵ所分必要になります）

② 要項についている振込用紙に必要事項を記入します。

・コピーや電信振込、郵便局備え付け振込用紙は使用できません。

・記入漏れ、読み取り不能、誤字脱字があった場合は失格とします。

・申し込み後、日程は変更できません。

③ 郵便局窓口またはＡＴＭで、申込み時に参加料を支払います。

・振込手数料１０５円が別途必要となります。参加料は下の表の通りです。

・締切日は日程表で確認してください。

・ＡＴＭの場合、電信振込にならないように注意してください。

・領収書は必ず保管してください。

④ 申込み完了です。参加日の２週間前までに案内状と日程表が届きます。

・開催日の１週間前までに日程表が届かない場合は下記の電話番号へお問い合わせください。

・参加番号と受付、出演時間を確かめて、日程表を会場にお持ちください。

◆ 予選、本選、全国大会の申し込み方法は同じです。

◆ 予選合格時に本選の申込用紙２枚、本選合格時に全国大会の申込用紙１枚をお渡しします。

（續下頁）

《参加申込の注意事項》

■ 申込み時

- 一度支払われた参加料はお返しできません。
- 締切り後は、曲目や日程の変更は出来ませんので、間違えのない様に記入してください。

■ 申込み後

- 出演時間等のお問い合わせは出来ません。郵送される日程表で確認してください。
- 自然災害（台風や地震等）であっても、コンクールは開催致します。
  参加者が自然災害で被害を受けた場合は、予選は通過になり、本選は返金となります。
- 自己都合による演奏順の変更はできません。

第4回 聴解

問題1 ◎ 17

問題1では、まず質問を聞いてください。それから話を聞いて、問題用紙の1から4の中から、最もよいものを一つ選んでください。

1番

1　ギアの交換、オイル交換をする。

2　ブレーキの修理、ギアの交換、オイル交換をする。

3　オイル漏れの修理、ギアの交換、オイル交換をする。

4　ブレーキの修理、オイル漏れの修理、ギアの交換、オイル交換をする。

2番

1　A社

2　B社

3　C社

4　D社

3番

1 スーパー、自転車屋、文具店、雑貨店

2 自転車屋、スーパー、文具店、雑貨店

3 スーパー、自転車屋、雑貨店、文具店

4 自転車屋、スーパー、雑貨店、文具店

4番

1 日本料理

2 タイ料理

3 イタリア料理

4 インド料理

5番^{ばん}

ア
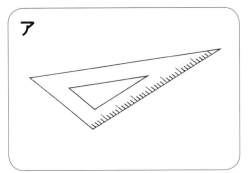

イ
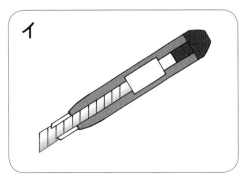

ウ
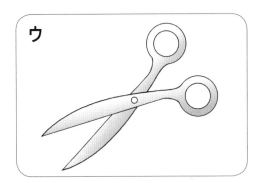

エ
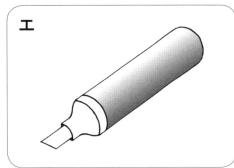

オ

1　エ、オ、ア、ウ

2　ア、イ、オ、エ

3　オ、エ、ア、ウ

4　ア、ウ、オ、エ

問題2 ◎ 18

問題2では、まず質問を聞いてください。そのあと、問題用紙のせんたくしを読んでください。読む時間があります。それから話を聞いて、問題用紙の1から4の中から、最もよいものを一つ選んでください。

1番

1 機械の反応が速いから

2 画面の字が大きくて見やすいから

3 電池の持ちがいいから

4 画面の色がきれいだから

2番

1　取引先の部長のうちに招待されたから

2　取引先の部長とゴルフに行ったから

3　取引先の社長にパーティーに誘われたから

4　取引先の社長がこの女の人をパーティーに誘ったから

3番

1　大企業に行く

2　中規模の企業に行く

3　小さい企業に行く

4　まだ決まっていない

4番

1 部屋の隅やドアのそばには置けないから

2 部屋の真ん中に置きたいから

3 うるさいところや部屋の隅には置けないから

4 うるさいところや部屋の真ん中には置けないから

5番

1 おいしくないから

2 他の店と比べて断然安いから

3 不景気でみんなお金をあまり使いたくないから

4 量も多くなくてちょうどいいから

6番

1 近くにスーパーがないから

2 近くのカラオケ店がうるさいから

3 契約期間が今月までだから

4 駐車場がないから

問題3 ◎ 19

問題3では、問題用紙に何もいんさつされていません。この問題は、全体としてどんな内容かを聞く問題です。話の前に質問はありません。まず話を聞いてください。それから、質問とせんたくしを聞いて、1から4の中から、最もよいものを一つ選んでください。

―メモ―

1番

2番

3番

4番

5番

問題4 ◎ 20

問題4では、問題用紙に何もいんさつされていません。まず文を聞いてください。それから、それに対する返事を聞いて、1から3の中から、最もよいものを一つ選んでください。

―メモ―

1番

2番

3番

4番

5番

6番

7番

8番

9番

10番

11番

問題5 ◎ 21

問題5では、長めの話を聞きます。この問題には練習はありません。

メモをとってもかまいません。

【1番、2番】

問題用紙に何もいんさつされていません。まず話を聞いてください。それから、質問とせんたくしを聞いて、1から4の中から、最もよいものを一つ選んでください。

―メモ―

1番

2番

【3番】

まず話を聞いてください。それから、二つの質問を聞いて、それぞれ問題用紙の1から4の中から、最もよいものを一つ選んでください。

3番

質問1

1　軽自動車

2　ミニバン

3　SUV

4　セダン

質問2

1　軽自動車

2　ミニバン

3　SUV

4　セダン

第 **5** 回

言語知識（文字・語彙・文法）・読解

―

聴解

―

第 5 回 言語知識（文字・語彙・文法）・読解

限時 105 分鐘	作答開始：＿＿＿點＿＿＿分　作答結束：＿＿＿點＿＿＿分

問題 1 ＿＿＿＿＿ の言葉の読み方として最もよいものを、1・2・3・4から一つ選びなさい。

1 過失によって失火した。

1 ごし　　　　2 ごしつ　　　　3 かしつ　　　　4 かし

2 たくさん点数を稼いだ。

1 とついだ　　　2 みついだ　　　3 しのいだ　　　4 かせいだ

3 必要なものはすべて揃った。

1 かった　　　　2 そろった　　　3 つくった　　　4 ととのった

4 雑巾でテーブルを拭く。

1 ざっきん　　　2 ばいきん　　　3 ぞうきん　　　4 きんちゃく

5 彼女は素直な性格だ。

1 すなお　　　　2 そなお　　　　3 そっちょく　　　4 とうちょく

問題2 _____ の言葉を漢字で書くとき、最もよいものを、1・2・3・4から一つ選びなさい。

6 気持ちが<u>おちついた</u>。

1 落ち就いた　　2 落ち付いた　　3 落ち突いた　　4 落ち着いた

7 あの大学はかなりの<u>かくりつ</u>で合格できます。

1 確立　　　　2 確率　　　　3 各率　　　　4 格率

8 いちかばちかに<u>かけて</u>みる。

1 欠けて　　　2 掛けて　　　3 書けて　　　4 賭けて

9 私の考えは<u>うかつ</u>だった。

1 狡猾　　　　2 迂闊　　　　3 闊達　　　　4 宇活

10 食べ物を<u>そまつ</u>にしてはいけません。

1 粗末　　　　2 粗雑　　　　3 粗食　　　　4 粗野

問題3　（　　　　）に入れるのに最もよいものを、1・2・3・4から一つ選びなさい。

11 彼は会社の有望（　　　　）だ。

1　株　　　　　　2　人　　　　　　3　値　　　　　　4　者

12 （　　　　）半可な練習では勝てない。

1　半　　　　　　2　白　　　　　　3　中　　　　　　4　生

13 彼女はこの仕事は（　　　　）経験だ。

1　無　　　　　　2　没　　　　　　3　非　　　　　　4　未

14 これは典型（　　　　）な抽象画だ。

1　性　　　　　　2　型　　　　　　3　的　　　　　　4　物

15 彼女は電話（　　　　）なので嫌われている。

1　魔　　　　　　2　鬼　　　　　　3　狂　　　　　　4　人

問題4 （　　　　）に入れるのに最もよいものを、1・2・3・4から一つ選びなさい。

16 大地震で家が（　　　　）と揺れた。

　　1　ふらふら　　　　2　ぶらぶら　　　　3　くらくら　　　　4　ぐらぐら

17 新人なのに仕事ができるので、上司として（　　　　）した。

　　1　尊敬　　　　　　2　放心　　　　　　3　感嘆　　　　　　4　感心

18 バカな男に（　　　　）が尽きた。

　　1　同意　　　　　　2　愛想　　　　　　3　人情　　　　　　4　愛嬌

19 彼は小さい声で（　　　　）しゃべるので聞き取れない。

　　1　ぼそぼそ　　　　2　かさかさ　　　　3　ごちゃごちゃ　　4　がんがん

20 交通違反で（　　　　）を切られた。

　　1　切符　　　　　　2　頭髪　　　　　　3　衣服　　　　　　4　林檎

21 ストーカー行為は（　　　　）が悪い。

　　1　自分　　　　　　2　法律　　　　　　3　気味　　　　　　4　道徳

22 彼女は与えられた仕事を確実に（　　　　）。

　　1　おろす　　　　　2　こなす　　　　　3　やらす　　　　　4　ながす

問題 5 _____ の言葉に意味が最も近いものを、1・2・3・4から一つ選びなさい。

23 あの方は、ぞんじております。
1　尊敬して　　　　2　会って　　　　3　知って　　　　4　見て

24 この薬はうさんくさい。
1　嫌な匂いがする　　　　　　2　いい匂いがする
3　まずい　　　　　　　　　　4　怪しい

25 彼はたびたびここに顔を見せる。
1　ごくたまに　　　2　ちょくちょく　　3　少しだけ　　　4　まいにち

26 私はたまたま現場に居合わせた。
1　時々　　　　　　2　当時　　　　　　3　偶然に　　　　4　計画して

27 私は通りすがりのものです。
1　旅行人　　　　　2　熟達者　　　　　3　初心者　　　　4　通行人

問題 6　次の言葉の使い方として最もよいものを、1・2・3・4から一つ選びなさい。

28　打ち込む

1　不運継ぎで彼女は<u>打ち込ん</u>でしまった。

2　タイヤが溝に<u>打ち込ん</u>でしまった。

3　もうすぐ試験なので勉強に<u>打ち込む</u>。

4　飲食物の<u>打ち込み</u>は禁止されている。

29　定規

1　<u>定規</u>を使って、キレイな線を引く。

2　会社の<u>定規</u>は守らないといけない。

3　日本の電車は時間に<u>定規</u>だ。

4　<u>定規</u>正しい生活が健康を作る。

30　承知

1　学校は色々な知識を<u>承知</u>できる。

2　有名人と<u>承知</u>することが出来た。

3　私はフランス語を<u>承知</u>したい。

4　この件はまだ社長が<u>承知</u>していない。

31　審判

1　法廷で有罪かどうかを<u>審判</u>した。

2　先生が彼の点数を<u>審判</u>した。

3　<u>審判</u>がセーフと判定を下した。

4　人気の店を<u>審判</u>して評論を書く。

32　請求

1　未払いのガス代を<u>請求</u>された。

2　彼女は私に募金を<u>請求</u>した。

3　国にパスポートを<u>請求</u>した。

4　短冊に<u>請求</u>を書いて笹の葉につるす。

問題 7　次の文の（　　　　）に入れるのに最もよいものを、1・2・3・4から一つ選びなさい。

33　運気を（　　　　）ためにお参りをした。

1　高める　　　　　2　高なる　　　　　3　高くて　　　　　4　高くなる

34　今日に（　　　　）ひとつ100円だ。

1　かぎり　　　　　2　むけて　　　　　3　とって　　　　　4　だけは

35　（　　　　）滑らかな動きでボールを打つ。

1　流すような　　　　　　　　　　2　流れるような

3　流されるような　　　　　　　　4　流されていくような

36　悪天候が（　　　　）ので、雨具を用意してきてください。

1　考えている　　　2　考えられる　　　3　考えてみる　　　4　考えたことがある

37　信じてくれている人を陰で裏切って、（　　　　）。

1　悪いことなのだろうか　　　　　　2　悪いことではないのだろう

3　悪いこととは思えない　　　　　　4　悪いと思わないのだろうか

38　英検一級の彼（　　　　）、わからない単語がある。

1　でさえ　　　　　2　なので　　　　　3　からも　　　　　4　である

39　この翻訳はメチャクチャだ。プロがやったらこんな文に（　　　　）。

1　なったはずだ　　　　　　　　　　2　ならないわけだ

3　なるはずがない　　　　　　　　　4　なるわけだ

40　秀吉は農民出身なのに、天下を取る（　　　　）。

1　までもなかった　2　までになった　3　つもりになった　4　とか言っていた

41　あの人に励まされると、むずかしいことも（　　　　）。

1　できる気がしなくなる　　　　　2　できなくてもいい気がしてくる

3　できない気がしてくる　　　　　4　できない気がしなくなる

42 一週間に（　　　）、雨が降り続けた。

1　なって　　　　　2　かけて　　　　　3　わたって　　　　4　かかって

43 こんなことになって、（　　　）。

1　とても感謝しております　　　　　2　期待で胸が膨らみます

3　申し訳ない気持ちでいっぱいです　　4　大変よろこばしいかぎりです

44 異論が多く、なかなか（　　　）。

1　決められなかった　　　　　　2　決めなかった

3　決めさせなかった　　　　　　4　決めさせられなかった

問題 8　次の文の ___★___ に入る最もよいものを、1・2・3・4から一つ選びなさい。

（問題例）

中国で ___★___ _____ _____ _____ 存在しない。

　　　1　見られる　　2　牛肉麺は　　3　一般的に　　4　日本の中華料理には

（解答のしかた）

1. 正しい文はこうです。

> 中国で _____ _____ _____ _____ 存在しない。
> 　　3一般的に　1見られる　2牛肉麺は　4日本の中華料理には

2. ___★___ に入る番号を解答用紙にマークします。

　　　　　（解答用紙）　　| （例） | ① ② ● ④ |

45　ネクタイを _____ ___★___ _____ _____ 印象を与える。
　　1　締めていないと　　2　だらしない　　3　キチンと　　4　相手に

46　これだけの _____ _____ ___★___ _____ できない。
　　1　犯人が　　　　2　証拠では　　　3　彼だとは　　　4　断定

47　なんとか _____ ___★___ _____ _____ 方法はある。
　　1　考えて　　　　2　できないかと　　3　色々と　　　4　みれば

48　犬に _____ _____ ___★___ _____ ダメだ。
　　1　しつけるのは　　2　トイレを　　　3　教えないと　　4　根気よく

49　今回は _____ ___★___ _____ _____ ところが多々あった。
　　1　いつもとは　　2　外国人との　　3　商談なので　　4　ちがう

問題 9 次の文章を読んで、文章全体の内容を考えて、 50 から 54 の中に入る最もよいものを、1・2・3・4から一つ選びなさい。

以前の社会では、画家 50 歌手 50 「不特定多数の人に自分の作品を見てもらい収入源とする」と言うのは限られた人だけの特権だった。例えば歌手ならばレコード会社と契約し、レコードを出してもらう。それができなければ、街頭で歌を歌ってそれがどんなにうまくとも人々に広く知られる事なしに終わってしまう。

その人にどんなに才能があっても、発掘されなければどこかであきらめて 51-a し 51-b な人生を歩む事になる。

しかし、ネット社会の実現で状況は大きく変わった。

パソコンさえあれば Youtube などで 52 、しかも多国籍の人々に広く自分の歌などを知ってもらう事ができるようになった。

別にレコード会社と契約して CD など出してもらわなくても、アクセス数が数万を超えるとスポンサーが付いて収入となる。

またネットを通じて即時に視聴者からの意見や作者からの回答と言った周辺情報も公開できるようになった。

以前ならばレコード会社などにファンレターを出すしか、こうしたスターたちに接する機会はなかったし、それらが公開されることはなかったのではるか彼方の存在だった。

ところが、誰もが自分の歌などを平等に発表できる反面、どんな曲でも簡単に 53 。なので以前のように歌一曲を探すのに古レコード屋を探し回ったりラジオ局にリクエストはがきを出したり 54 、自宅で欲しい曲が聞けたりパソコンからダウンロードして保存できるようになった。

こうして、職業の生態圏がまったく変わってしまった。

（一文銭隼人「科学と生活」宇園出版より）

50

1　であれば　　　　2　ならば　　　　3　だったら　　　　4　であろうと

51

1　a　発狂　／　b　異常
2　a　転売　／　b　貧乏
3　a　転職　／　b　平凡
4　a　感動　／　b　非凡

52

1　不安定多数　　　2　不特定多数　　　3　無条件多数　　　4　無記名多数

53

1　手に入るようになった　　　　2　手をつけられるようになった
3　手に取れるようになった　　　　4　手を染める事ができるようになった

54

1　できるので　　　2　していても　　　3　しないので　　　4　しなくても

**問題 10　次の (1) から (5) の文章を読んで、後の問いに対する答えとして最もよいも
　　　　　のを、1・2・3・4から一つ選びなさい。**

（1）　日本の番組を見ると、食べ物に関するものが圧倒的に多いです。

　日本で生活してみるとわかる事ですが、同じなまえの料理でも店によって味付けがま
ったくちがっています。そしてそれぞれに、常客がついているのです。

　ラーメンひとつでも食べ終わらないほど種類が多いのです。

　「舌ざわり」「歯ざわり」「喉ごし」とか食べる部位の感じ、「もちもち、しこしこ」
といった食材に対する形容詞が多いことからも、日本人は食べることが大好きなんだと
思います。

（あるアメリカ人の日本語学校の作文より）

55　筆者は日本の食文化をどう感じているか。

1　複雑で好きになれない。

2　必要以上にこだわりすぎだ。

3　多様に発達していて、いいと思う。

4　もっと単純化したほうがいい。

（2）　ある日私が寝室で寝ていたら、急にノックの音がした。

　おかしい。ここには誰もいないはず。恐る恐るドアを開けてみたが、誰もいない。

　平然と寝ている犬がいただけだった。ドアをたたいた音は顔の高さなので、彼ではありえない。それで気づいた。「恐い」と思うのは「物理的にありえない」からだが、すべての現象を化学や物理で説明できるわけではない。「ありえない」と決め付けていることこそが、恐怖の根本なのである。

　人間は勝手に物理理論ですべてを理解できたように錯覚し、勝手に恐怖心を抱く。本当は動物のようにただ「音がした」事実だけを受け入れるべきなのだ。

（伊達宗太郎「初心者の心理学入門」英星出版より）

56　どうして犬は恐がらず、人間は恐がったのか。

1　ありえないことだと決め付けていたから。

2　誰かが殺しに来たと思ったから。

3　幽霊だと思ったから。

4　夢だと思ったから。

（3）　ハリウッドの人気作品「ロボコップ」の元ネタが、日本の幼児番組「宇宙刑事ギャバン」であることは製作者側も認めている事実である。その他、「スターウォーズ」の元ネタも日本の幼児番組「キャプテン・ウルトラ」であることもよく言われる（「キャプテン・ウルトラ」のオープニング画像と音楽はいまだに高く評価されている）。この場合、どっちがすごいのか？

　やはりアメリカである。元ネタがあっても幼児番組どまりの日本と、人のアイディアを使って大人の娯楽作品にするアメリカ。

　せっかくのアイディアは、生かしたほうがすごいのだ。

（嵐山幸三郎「不可視財産の所有権について」明報社より）

57 筆者がアメリカの方がすごいと評価するのはなぜか。

1　アメリカの方が国が大きいから。

2　より多くの人に評価されたから。

3　ハリウッドの方が市場が大きいから。

4　アイディアは発展させないと陽の目を見ないから。

（4）　「立ち居振る舞いが美しい」と言われるのは、どんな状態でしょう。

　　もし大人が赤ちゃんのように制限なく動いたら美しいでしょうか？

　　そう、「美しい」と言うのは「余計なところを動かさない」と言うこと。

　　テニスでもダンスでも、うまい人は余計な部分を動かしません。

　　それからわかることは、「美しさは制限から生まれる」と言う事実です。

　　さらに、制限されていることを感じさせないほど、自然に動くこと。

　　和服を身につけ動くことで、制御された機能美と、制限を感じさせない自然美とを
手に入れることができるのです。

（ある着付け教室の入会案内から転載）

58　和服を身につけると動きが美しくなると言うのはなぜか。

　　1　和服自体が美しいから。

　　2　和服には自然美があるから。

　　3　和服には機能美があるから。

　　4　和服は動きを制限するから。

（5）　金に困っている人が「取引会社との約束を破ってうちと契約してくれたら、もっといい条件を出す」と言われて断ったとしよう。人によってはそれを偽善だと言う。「お金が欲しくないはずないのに、やせがまんしてるから」だと。

　しかし、もしまったく心が動かない人がいるとしたら、その人は金に困っていないだけだ。例え悩んでも最後には「金も欲しいけど信用の方が大事だ」と言う選択するからこそ価値がある。

　人間はずるい面、弱い面があるからこその成長なのだ。

（松永幸之助「商売とは」経済振興社より）

59　筆者が評価するのはどのような人間か。

　1　お金には見向きもしない人。

　2　欲しいものにはやせがまんをしない人。

　3　心は揺れるが最後には信用を重んじる人。

　4　ずるい面や弱い面を出して欲望のまま行動する人。

問題 11 次の (1) から (3) の文章を読んで、後の問いに対する答えとして最もよいも
のを、1・2・3・4から一つ選びなさい。

(1)　「どっちの料理ショー」と言う番組を知っているだろう。知らない人のために説
明すると、奇数のゲストの前で二種類の料理を作る。調理師が料理を作りながら、お
いしさをアピールする。最終的に、ゲストはひとつの料理を選ぶ。投票数の多かった
方に投票した人たちは食べられるが、少ないほうに投票した人たちは食べられないと
言うルールである。

　ところで以前、この番組が①「やらせ」だと噂になった。聞いてみると、「負けたほ
うは食べられないどころか、収録後には両方食べている」と、この番組に参加したあ
るゲストが話したことが外に漏れたらしい。

　「そんなの、当り前だろ」と私は思った。大体、ゲストを呼んで目の前で「厳選素
材」で作った料理を見せておいて、それを食べさせない方が失礼だしありえない。

　②番組は番組、裏は裏である。

　この番組は海外でも放送されているそうだが、海外では「食べられないというのは
番組内の話であり、番組外では食べて当然」と認識しているそうだ。

　日本人はマジメに「そういうルールで放送しているから守って当然」と考えてしまう
のだろうか。テレビは所詮一般人の届かない影であり、表だけ見せる世界だ。

　放送していることがすべて真実だなどと思っている人たちは、テレビにはなにも期
待しない方がいい。

(梨本優「テレビの裏と表」日本芸能社より)

60 ① 「やらせ」の意味するものは何か。

1 番組が始まる前から勝ち負けが決められていること。

2 食べられないはずの出演者が裏では食べていること。

3 テレビ局が番組の裏を公表しないこと。

4 出演者が番組の裏をしゃべったこと。

61 ②番組は番組、裏は裏とはどういうことか。

1 番組を作る裏では人に言えない苦労がある。

2 番組は裏では汚いことをたくさんやっている。

3 番組の裏と表ではまったくちがうことをやっている。

4 番組内ではルールを守るが、終わればまた別である。

62 筆者の言いたい事は何か。

1 テレビに真実は期待しないで欲しい。

2 テレビは裏ではみんなインチキなことばかりしている。

3 テレビで見せていることがすべてと言うわけではない。

4 テレビは表は綺麗だが、裏は汚い。

（2）　私は基本的に、好きなドラマは放送時ではなく録画で見る。よけいなコマーシャルに邪魔をされたくないと言う一般的な理由の他に、もうひとつ特別な理由があるからだ。

好きな場面とか表情に出くわすと、そこで画面を静止するのである。

前の方にも書いたとおり、作品を作った監督、演技をしている男優女優の思い入れがすべて視聴者に届くわけではない。ストーリー進行に気を取られて、細かい配慮を見過ごすのはよくあること。なので想像力を刺激されるいい場面に出会うと、そこで一時停止にしてあれこれ考えるのである。それは俳優の表情であることもあるし、ある街角の風景であることもあるし、あるいは特別な何かではない場面もある。刺激を受けた私の妄想は次々に膨らみ、時には数十分にも及ぶ。本を読む時も同じ。ただ、本を読む時は基本ひとりなので他人に迷惑はかからない。しかしドラマや映画だと、私の都合で一時停止されたら他の人はたまったものではない。

だから、好きなドラマや映画は、誰であっても他人とは見ない。

私がそうして感じたことが、製作者の意図するものだと言う保証はない。

しかしもし私の出演作品を、全国に一人でも①そうやって見てくれる人がいればそれは望外の喜びである。

それこそが②女優冥利に尽きるからだ。

それが例え私の意図した演技と、ちがう受け止め方をされていても。

（常磐貴子「女優魂」日本芸能社より）

63 ①そうやって見てくれるとは、どんな見方を指しているか。

1 演技者の意図を考えながら見る。

2 他の誰かとではなくひとりきりで見る。

3 ストップモーションにしてあれこれ妄想する。

4 好きな女優として演技を見る。

64 筆者が②女優冥利に尽きると感じるのはどういう時か。

1 視聴者の想像力を刺激する演技をした時。

2 自分の演技の意図を視聴者に知らせる事ができた時。

3 作品の要求する演技を上手にこなす事ができた時。

4 視聴率をあげてより多くの人に見てもらえた時。

65 筆者が好きなドラマや映画を他の人と見ないのは、迷惑をかけない他にどんな理由があると考えられるか。

1 コマーシャルに邪魔されたくないから。

2 製作者の意図をじっくり考えたいから。

3 脚本や演出などをチェックしたいから。

4 自分だけの世界を楽しみたいから。

（3）　「学校に行きたくない」と言う声をよく聞く。私に言わせれば当然だ。

　「行きたい」と思わせるのはどんなところか。

　まず外見である。学校の外見は入ってみたくなる造形だろうか。

　もしあれが店で、多くの人に来て欲しいならあんな設計にするだろうか？

　まったく逆ではないだろうか。人を包み込む暖かさも、心をなごませる柔らかさも皆無。あれでは人を追い出す設計としか思えない。

　一流デザイナーにでも設計させて「入ってみたくなる外見」から作るべきだ。

　次に、授業に関する基本構造が間違っている。

　「生徒のいる教室に先生が入る」のはダメだ。

　教室はいわば生徒の自治地帯。放っておいても生徒は自分たちでグループや決まりを作り、自治している。そこに先生が入るという事は一種の侵略行為である。

　だからどんなにやさしい先生であっても、①いるよりはいないほうがマシなのである。精神年齢や立場の違う人間は溶け合わないからだ。

　ゆえに②「先生のいる研究室に生徒が入る」のではなくてはいけない。

　「その先生に習いたい」と言う人を生徒が選んで、自主的に部屋に入ってくるのでなければ積極性など生まれるはずもない。

　しかも一方的に教師がしゃべりまくる方式も間違っている。会話によって授業が進行しなければ、教師も生徒の考えを把握できない。

　さらに、進度や授業内容も個人によって変えるべきである。

（高島匡弘「教育革命論」民名書房より）

66 ①いるよりはいないほうがマシと言うのはなぜか。

1　生徒の自治に必要ないから。

2　授業は聞きたくないから。

3　おしゃべりできなくなるから。

4　先生の話がつまらないから。

67 ②「先生のいる研究室に生徒が入る」と言う筆者の狙いはどこにあるか。

1　教師の地位を上げる。

2　生徒の積極性を生み出す。

3　生徒に頭を下げる謙譲の精神を教える。

4　生徒に部外者であることを自覚させる。

68 筆者が提案するのはどのような学校か。

1　天才を育てる学校。

2　楽しく面白い授業しかしない学校。

3　優秀な先生が授業を主導する学校。

4　生徒が行きたくなる学校。

問題 12 次のＡとＢはそれぞれ、朝起きてすぐに歯を磨くべきかどうかについての意見である。二つの文章を読んで、後の問いに対する答えとして最もよいものを、1・2・3・4から一つ選びなさい。

Ａ

　朝起きてすぐって、口の中の雑菌が相当多いそうです。寝ている時は水も飲まないのでなんかずいぶん汚くて臭い感じです。なので、朝起きてすぐ歯を磨きます。みなさんはそうじゃないんでしょうか。磨かないで朝食を食べると、なんか雑菌を飲み込んでいるみたいで気持ちが悪いんです。まず朝起きてすぐ顔を洗うので、その時に歯磨きをするのがずっと習慣になっています。

　朝食後に磨いたほうがいいという人もいますが、昼食後には普通は歯磨きしないので朝食後に磨かなくても結局同じことだと思います。

　やはり、雑菌が一番多い朝起きてすぐがベストだと思うのですが。

Ｂ

　子供の頃は『朝起きてすぐ顔を洗って歯を磨く』ように言われました。でも、それって変じゃありませんか？普通、夜寝る前に歯を磨きますよね？それから寝て起きる間にはまったく食事をしていません。つまり、歯は汚れていないわけです。それなのにどうしてまた歯を磨く必要があるのでしょう？口の中が気持ち悪いなら、うがいをすればいいだけですし、わざわざ使っていない歯にまた歯磨き粉をつけて磨く意味がわかりません。それに磨き過ぎは歯や歯茎を傷めるのでよくないと思います。何よりも、歯磨きして歯磨き粉の味が残ったままで食事をしてもちっともおいしくありません。目的を考えると、朝食後に歯磨きするのが当然だと思います。昼食後は普通磨きませんが、楊枝や糸楊枝で歯はキレイにしますし、夜寝る前に磨けば充分と言う気がします。

69 Aが朝食前に歯を磨く最大の理由は何か。

1 顔を洗う時にする習慣がついているから。

2 朝食前に歯をキレイにしたいから。

3 口の中の雑菌をキレイにしたいから。

4 朝起きてすぐが一番気持ちがいいと感じるから。

70 AとBを統合して、判断できる事はどれか。

1 朝食前に歯磨きした方がいい。

2 歯磨きは朝食後にするのが正しい。

3 朝食前と後に二回磨かないといけない。

4 朝食前と後のどちらがよいのかは何とも言えない。

問題 13　次の文章を読んで、後の問いに対する答えとして最もよいものを、1・2・3・4から一つ選びなさい。

　私はギリギリ手書き世代だ。作家となってからはパソコンで文を打つが、それ以前はすべて手書きだった。

　①パソコンが普及してから、ほとんどの人の文章が上手になったという。

　それはそうだろう。

　以前はまずアイディアが出ると、何度も頭の中で試し書きをしてみる。ある程度煮詰まってきてから初めて紙に向かう。

　書く時も思い直して表現を変えたり、行換えをしたり、新しい部分を挿入したりするたびに、丸めた古い紙があっという間にゴミ箱を埋め尽くす。

　その度にすでにもう何度も書いた文章を最初から書き直し、そのためだけにまた無駄なエネルギーを使い果たす。新しい部分にさしかかった時にはすでに疲労していて、せっかく浮かんだいいアイディアも薄ボケてしまったりする。人間だから筆跡もどんどん乱暴になって読みづらくなる。

　これがパソコンなら、頭の中で試し書きをする段階から使用可能である。

　パソコンは手書きよりスピードが速いし、表現のちがうバージョンをいくつも保存しておいて比較したりできる。以前のように草稿と清書に分ける必要もなく、アイディア→草稿→清書の工程を一つにまとめてしまえる。

　おそらく同じレベルの文章を書くなら、以前のやり方だと5倍から10倍の手間がかかっただろう。

　しかし以前のほうがはるかに大変だった分、それが活字となって発行されると言うのは、一部の人のみの特権だった。今は誰だってブログを持っていて、自分の文章を活字で、不特定多数の人に配信できるのが当たり前になっている。

　ゆえに、活字化の特権もないし文章もみなが上達して平均化してきている。

　だから文才が同じでも、手書きで原稿を書いていた時代と、パソコンでいくらでも編集しなおせる現代では出てくる文章に差が出る。

　現代から見て、以前の人の文章にアラが多く見えるのは必然である。

　にもかかわらず、大文豪・川端康成などの文は手書きで仕上げたとは思えなくらい、描写が繊細で隙がなく完璧に近いと思える。

②当然この私ごときでは、いくら文明の利器を駆使しようが足元にも及ばない。

便利な道具がなくても、天才はやはり天才なのである。

（遠藤習作「作家あれこれ」啓英社より）

71 ①パソコンが普及してから、ほとんどの人の文章が上手になったのはなぜか。

　　1　ネットで色々な文章が見られるから。

　　2　ほぼ自分のベストの文章が作れるようになったから。

　　3　パソコンは潜在能力を開発することができるから。

　　4　アイディアが色々沸いてくるから。

72 ②当然この私ごときでは、いくら文明の利器を駆使しようが足元にも及ばないと言うの
はどういう意味か。

　　1　便利な道具を使っても才能がある人には敵わない。

　　2　自分はパソコンを使っているので、文豪より上の文章を書けるのは当り前だ。

　　3　以前の人はパソコンがなかったので文が下手なのは仕方がない。

　　4　パソコンがなくて同じ条件ならばやはり文豪の方がはるかに上だと思う。

73 筆者はパソコンをどう評価しているか。

　　1　活字の特権を奪うのでよくない。

　　2　みんなの文章が平均化してよくない。

　　3　文が作るのにとても便利だ。

　　4　天才がパソコンを使うと更にすごくなる。

問題 14　次は、ある読書感想文コンクールの応募要項である。このコンクールの応募に関して、下の問いに対する答えとして最もよいものを、1・2・3・4から選びなさい。

74　高校生が申し込む場合、何が必要か。

　　1　作文、本人の健康保険証

　　2　作文、図書のコピー、父母の健康保険証

　　3　作文、本人の健康保険証、学生証

　　4　作文、図書のコピー、本人の健康保険証、学生証

75　小学校4年生が教科書の中の作品「スイミー」を読んだ場合、どの区分に応募できるか。

　　1　区分1と3

　　2　区分2と4

　　3　区分3と5

　　4　区分4と6

島岡市役所主催作文コンクール応募案内

■ 応募資格および区分

◇ 市内の小・中・高校に通う生徒なら誰でも応募できます。応募は、以下の
ように5部9区分とします。

《応募区分》

区分	対象	対象図書
1	小学校低学年と中学年	自由図書
2		課題図書
3	小学校中学年と高学年	自由図書
4		課題図書
5	小学校高学年	自由図書
6		課題図書
7	中学生	自由図書
8		課題図書
9	高校生	自由図書

※ 小学校低学年は1、2年生、中学年は3、4年生、高学年は5、6年生になります。

※ 同時に申し込める区分は2つまでです。

■ 対象図書

(1) 自由図書…自由に選んだ図書です。フィクション、ノンフィクションを
問いません。

※ 教科書、副読本、絵本、雑誌（別冊付録を含む）も対象とします。

※ パンフレット、日本語以外で書かれた図書、主催者の指定した図書は対象とし
ません。

(2) 課題図書……主催者の指定した図書です。

※付属の表「課題図書一覧」で確認ください。

《課題図書一覧》

対象	課題図書
小学校低学年	狼と少年、ありのいっしょう、あひるのマイケル、はたらくじどうしゃ、
小学校中学年	はたらくじどうしゃ、しゃかいのしくみ、でんきのひみつ、広ちゃんの冒険
小学校高学年	ファーブル昆虫記、この世の果てまで、マイケル探検記、野口英世伝記
中学生	海と毒薬、山の掟、その男、仮面の裏側、テレビドラマの舞台裏

■ 応募方法

◇ 申込書に記入して、市役所1階受付カウンターに提出してください。

◇ 小学生の場合は父母の保険証のコピー、中学生以上の場合は本人の保険証のコピーを提出してください。

　高校生の場合は、学生証も必要になります。

◇ 作文のコピーを提出してください。

◇ 自由図書の場合は図書の最初の5ページ分のコピーを提出してください。

問題1 ◎ 22

問題1では、まず質問を聞いてください。それから話を聞いて、問題用紙の1から4の中から、最もよいものを一つ選んでください。

1番

1　右のステレオを買う。

2　左のステレオを買う。

3　右のステレオと専用のサラウンドスピーカーを買う。

4　左のステレオと専用のサラウンドスピーカーを買う。

2番

1　20日に出発して24日に帰る41240円のチケット

2　20日に出発して25日に帰る41240円のチケット

3　23日に出発して28日に帰る35240円のチケット

4　23日に出発して29日に帰る35240円のチケット

3番

1　白い靴と灰色のズボン
2　黒い靴とベージュ色のズボン
3　白い靴とベージュ色のズボン
4　白い靴と黒い靴と灰色のズボン

4番

1　3日
2　4日
3　5日
4　6日

5番

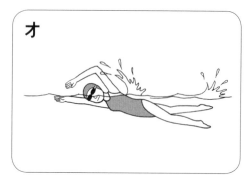

1　イ、ウ、エ、オ

2　ア、エ、オ

3　ア、ウ、エ、オ

4　ア、イ、ウ

問題2 ◎ 23

問題2では、まず質問を聞いてください。そのあと、問題用紙のせんたくしを読んでください。読む時間があります。それから話を聞いて、問題用紙の1から4の中から、最もよいものを一つ選んでください。

1番

1　この会社が一番安いから

2　保証があるのはこの会社だけだから

3　この会社が一番速いから

4　他の会社はどれも高いから

2番

1 頭がいいから

2 自信があるから

3 性格がよさそうだから

4 真面目だから

3番

1 食事に興味がないから

2 遅い時間に食事が取れるから

3 食事はお金の無駄だから

4 食事が付いていても無駄になるから

4番

1 ダイエット中だから

2 そんなに食べる気がしないから

3 目標体重になっていないから

4 食べ放題したいから

5番

1 速くて一番安いから

2 郵便よりも高いが速いから

3 宅急便の中で一番高いが速いから

4 遅いけど一番安いから

6番

1 この会社は給料がいいから

2 この会社の事業はあまり先がないから

3 この会社は安定しているから

4 この会社の仕事はきついから

問題3 ⊙ 24

問題3では、問題用紙に何もいんさつされていません。この問題は、全体としてどんな内容かを聞く問題です。話の前に質問はありません。まず話を聞いてください。それから、質問とせんたくしを聞いて、1から4の中から、最もよいものを一つ選んでください。

―メモ―

1番

2番

3番

4番

5番

問題4 ◎ 25

問題4では、問題用紙に何もいんさつされていません。まず文を聞いてください。それから、それに対する返事を聞いて、1から3の中から、最もよいものを一つ選んでください。

―メモ―

1番   7番

2番   8番

3番   9番

4番   10番

5番   11番

6番

問題5 ◎ 26
もんだい

問題5では、長めの 話 を聞きます。この問題には練 習 はありません。

メモをとってもかまいません。

【1番、2番】
ばん　ばん

問題用紙に何もいんさつされていません。まず 話 を聞いてください。それから、質問とせんたくしを聞いて、1から4の中から、最 もよいものを一つ選んでください。

―メモ―

1番
ばん

2番
ばん

【3番】

まず話を聞いてください。それから、二つの質問を聞いて、それぞれ問題用紙の1から4の中から、最もよいものを一つ選んでください。

3番

質問1

1　血行促進タイプ

2　毛母細胞活性化タイプ

3　男性ホルモン抑制タイプ

4　抜け毛防止タイプ

質問2

1　血行促進タイプ

2　毛母細胞活性化タイプ

3　男性ホルモン抑制タイプ

4　抜け毛防止タイプ